KB110036

덤으로 사는 인생

덤으로 사는 인생

발행일   2021년 2월 5일

지은이   김진길
펴낸이   손형국
펴낸곳   (주)북랩
편집인   선일영   편집   정두철, 윤성아, 배진용, 이예지
디자인   이현수, 김민하, 한수희, 김윤주, 허지혜   제작   박기성, 황동현, 구성우, 권태련
마케팅   김회란, 박진관
출판등록   2004. 12. 1(제2012-000051호)
주소   서울특별시 금천구 가산디지털 1로 168, 우림라이온스밸리 B동 B113~114호, C동 B101호
홈페이지   www.book.co.kr
전화번호   (02)2026-5777   팩스   (02)2026-5747

ISBN   979-11-6539-601-5 03810 (종이책)   979-11-6539-602-2 05810 (전자책)

(주)북랩 성공출판의 파트너

북랩 홈페이지와 패밀리 사이트에서 다양한 출판 솔루션을 만나 보세요!

홈페이지 book.co.kr   •   **블로그** blog.naver.com/essaybook   •   **출판문의** book@book.co.kr

김진길 실화소설

덤으로 사는 인생

교도소 비리로 벌어진 인질극에
희생된 한 교도관의 비극

북랩 book Lab

십 년이면, 강산도 변한다고 합니다. 그런 세월이 세 번 이상 흐른 지금, 새삼 아픈 과거를 들추어, 넋두리를 토해낼 수밖에 없는 이 기구한 운명 앞에 나는 지금 두 손 모아 기도합니다. 신이 계신다면 신이 없기를 기도드립니다. 덧붙여 이 사연을 간단히 말씀드리면 공직사회에서 발생하는 어떤 사건 처리 과정에서 세상 사람들은 남의 일이라고 대(大)를 위해 소(小)를 희생시킬 수 있다고 말하겠지만, 그 희생당한 당사자 입장은 그렇지 않습니다. 지금 그 당시 사건 처리 과정에서 참여한 상급자 두 명과 동급자 두 명, 그 외에 관여한 상급자가 있을 겁니다. 내 기우일까요? 아무튼, 지금 잘잘못을 따지면 무엇하겠나이까. 다만 위에 피력한 당사자들이 이 글을 본다면 머리 숙여 "이 사람아 이젠 이해

해 주게, 당시에는 그럴 수밖에 없었다."고 말하는 척이라도 했으면 좋겠습니다. 이 글을 읽으신 독자 중 '이런 일이 다시는 없어야 할 텐데.' 하면서 머리를 긁적거리시는 모습을 보고 싶습니다. 끝으로 제 졸필을 양해하시기 바라며 아울러, 여기까지 이끌어 주신 수필가 오형칠 선생께 감사드립니다.

저자 김진길

차
례

인질

적당히 자란 잔디가 보기 좋게 깔린 트랙 가장자리 부분을 따라 걷던 석(錫)은 무심코 걸음을 멈추었다. 어디선가 두런두런 인기척이 났다. 달그락달그락 물건 부딪치는 소리도 들려왔다. 지금 이 시간에…? 석은 시계를 보았다. 아직 공장에는 출역할 시간이 멀었는데… 무슨 일일까?

　'…!'

　석은 공장 쪽으로 고개를 돌렸다. 고무공장의 육중한 출입문이 반쯤 열려있고, 두어 명의 직원이 등을 이쪽으로 돌린 채 토막의자에 앉아있었다. 그들의 등이 출입문을 가려서 공장 내부는 보이질 않았다.

　'그렇지… 참!'

　석은 그들이 이송준비자임을 금방 알 수 있었다. 정무근은 아직 이송준비가 끝나지 않았단 말인가? 지금까지도….
석은 왠지 궁금해졌다. 석은 이미 사방에서 이송자 이철운
과 최병묵을 보았기 때문에 나머지 한 사람은 정무근임을
짐작할 수 있었다.

'어떻게 할까? 호송책임자는 따로 있고… 공장 관구 주임
도 따로 있고… 구태여 가 볼 필요가 있을까?'

석은 잠시 망설였다. 그래도 가봐야지.

'간부라면 책임 관구가 아니던 근무 명령을 받았던 그건
차치하고 당연히 확인해봐야 할 것 아냐.'

석의 뇌리에 또 한 사람의 그가 핀잔을 주었다. 석은 운
동장 입구 철 대문을 밀치며 공장 앞으로 걸음을 옮겼다.

"김 주임! 좀 봅시다."

토막의자를 밀어 놓으며 이병기 교사가 손짓과 함께 석을
불렀다.

"무슨 일이오?"

"정무근이 신고할 것이 있다고 하는데요."

"그래요?"

석은 공장 입구에 들어섰다.

공장 한가운데 놓여 있는 통나무로 만든 커다란 평상 위에 정무근이 비스듬히 돌아앉아 있었고, 가장자리로 경교대원 두 사람과 직원 서너 명이 그를 에워싸고 앉아있었다. 정무근의 팔목에는 수갑이 보이지 않았다. 석은 순간적으로 수갑을 채워야겠다는 생각이 들었다.

정무근에게 가까이 가다 말고 석은 뒤로 돌아 이 교사의 관복 자락을 잡고 문밖으로 나왔다. 제소자 면전에서 지시하는 것은 여러모로 부작용을 초래할 수 있다는 것을 20년 가까이 그들과 생활을 함께해 오면서 터득한 상식이었다.

"이 교사, 왜 수갑을 채우지 않았소?"

"…?"

이 교사가 대답을 하지 않고 석을 마주 보았다. 신고할 것이 있다고 불러 세웠더니 거기에 대해선 일언반구도 없고 웬 참견이냐는 듯한 느낌을 석은 받았다.

"채워야 할 텐데…"

석은 재차 다그쳤다.

"새마을 반장이고, 또 채우면 부작용이 일 것 같고, 또 사방에서 나올 때부터 조용히 갈려고 하기에…"

이 교사가 설명인지 항변인지 기다랗게 늘어놓았다.

'그렇다면….'

석은 잠시 망설였다. 소심해지기 시작했다. 석이 알고 있는 이 교사는 소내에서도 '또박이'로 소문이 나 있는 사람이다. 매사에 철두철미하게 근무하는 모범직원이다. 그런 직원이 어련히 알아서 할 건데….

석은 완전한 결정도 못 내린 채 이 교사의 얼굴을 주시했다.

"신고할 것이 있다고 하는데요."

이 교사가 약간 부은 표정을 지었다.

"그래요…?"

석은 시선을 이 교사에서 정무근으로 옮겼다. 정무근이 벌떡 일어났다. 1미터 80센티미터가 넘는 거구가 그 육중한 몸을 기계실로 향했다. 이 교사가 잰걸음으로 그를 따랐다. 석도 이 교사의 뒤를 따랐다.

매캐한 고무 냄새가 석의 코를 찔렀다. 철망과 철 격자가 온통 창문을 가렸고 집채만 한 기계들로 실내가 어두침침했다. 먼저 들어간 정무근이 보이지 않았다. 이 교사 역시

간 곳이 없었다. 석은 기계들 사이로 그들을 찾아보았다.

'어떻게 된 걸까⋯'

순간 석은 알지 못할 섬뜩함이 뇌리를 스쳤다. 신발을 삶는 커다란 가마가 석의 눈앞에 들어왔다. 석은 가마 언저리에 올라가 보았다. 동굴처럼 뻥 뚫어진 가마 속에서 무언가가 금방이라도 튀어나올 것 같은 오싹한 전율에 석은 치를 떨었다. 거기에도 그들은 보이지 않았다.

가마를 돌아 다시 입구로 나왔다. 입구에서 오른쪽으로 4~5미터 떨어진 구석진 곳에서 석은 그들을 발견했다. 사과 상자 같은 나무상자에 잡다한 물건들이 담겨있었고 예의 정무근은 커다란 덩치를 반쯤 접어 그 나무상자에서 무언가 찾고 있었다. 이 교사는 그의 등 뒤에서 그의 행동에 시선을 꽂고 있다가 인기척에 흠칫하며 석에게 고개를 돌렸다. 석은 자기 눈을 의심했다.

'도대체 어떻게 된 걸까?'

흡사 신기루를 보는 것 같았다. 조금 전까지 석이 입구로 들어올 때까진 보이지 않았는데⋯. 석은 그들 가까이 다가갔다. 정무근이 벌떡 일어났다.

"얏!"

　기합 소리가 들렸다고 석이 느꼈을 순간, '철컥' 하고 입구 빗장이 안으로 잠가지며, 이 교사가 오금을 끌어안고 기계실 밖으로 나뒹굴었다. 어느 틈에 불쑥 들이대는 하얀 칼날에 석의 목이 섬뜩했다. 우람한 정무근의 거센 손에 조그만 석의 몸뚱어리가 새 새끼처럼 뒤로 끌어안아졌다.

　"죽여버리겠다. 움직이면…"

　정무근의 입에서 침이 튀었다. 눈알이 왕방울처럼 커졌다. 석이 요동칠 때마다 칼날이 석의 목에 빨간 금을 그어 나갔다. 석은 순간 생각했다.

　'빗장을 안으로 걸어 잠갔으니 밖에서는 손을 쓸 수가 도저히 없다. 이 새끼가 아니면 자신이 열지 아니면…'

　석은 좀 더 젊었을 때 운동을 배워두지 못한 것이 여간 후회스러울 수가 없었다. 석은 밖의 직원들을 내다보았다. 모두들 우왕좌왕하며 발을 동동 구르고 있었다. 어떤 직원은 밖으로 뛰쳐나가고 또 어떤 직원은 고래고래 고함을 질렀다.

　"정무근! 김 주임을 그러지 마라. 그 사람이 무슨 죄가 있나."

어느 직원은 목이 메었다.

"이 새끼 죽여버리겠다. 모두 죽여버리고 나도 죽겠다. 소장, 보안과장 모두 불러라 개새끼들아…!"

정무근이 석을 끌어안은 팔에 힘을 주었다. 석의 목에 칼날이 좀 더 깊이 파고들었다. 그의 목이 푹 꺾여졌다. 부하 직원들이 보고 있다. 나는 간부다. 그들 앞에서 도둑놈에게 비굴함을 더 이상 보일 수는 도저히 없다. 석은 생각이 여기에 미치자 용기가 났다. 칼을 잡았다. 석의 손에서 금방, 검붉은 피가 갈라진 손바닥 사이로 흘러내렸다. 석은 무근의 중요 부분을 향해 발길질했다. 머리로 턱을 겨냥하여 박치기했다. 역부족이다.

순간 '퍽' 하는 둔탁한 소리가 나자 석의 허리가 반쯤 접어졌다. 그의 관복 사이로 검붉은 피가 뿜어져 나왔다. 정무근의 팔이 두어 번 공중으로 들렸다가 내려왔다. '퍽 퍽' 하고 기분 나쁜 소리가 두 번 더 들렸다. 석의 몸이 나무토막처럼 바닥에 쓰러졌다.

얼마나 시간이 흘렀을까? 무언가에 부딪친다고 느꼈을 순간 석은 퍼뜩 눈을 떴다. 정무근의 근심스러운 얼굴이 희미하게 들어왔다. 석은 몸을 움직여보았다. 가위에 눌린 것인가… 조금도 움직여지지 않았다. 정무근이 석의 머리를 받쳐주었다. 이 세상 사람 같지 않은 정무근의 얼굴.

"가만히 있어. 움직이면 피가 더 나와."

정무근이 석의 어깨를 다독거렸다. 석은 고개를 들었다. 철 격자를 사이하고 개미 떼처럼 직원들이 창가에 달라붙어 있었다. '왱왱' 하고 어디선가 앰뷸런스 소리가 희미하게 들려왔다.

"무근아 왜 하필이면 날 택했지?"

한참 만에 석이 말을 걸었다.

"네가 재수가 없어서 그래…."

정무근이 볼멘소리로 받았다. 칼날에 묻은 피를 손바닥으로 두어 번 문지르다 말고 정무근은 석에게 얼굴을 바짝 들이대었다.

"너 몇 살이지?"

"말띠다, 왜?"

석이 무근에게 대들었다.

"사실은 너와 동갑이야 '얄궂은 인생'이라 늙어버려서 그렇지… 빌어먹을 놈의 세상!"

무근이 칼을 땅바닥에 팽개치면서 눈을 부라렸다.

석은 문득 담배가 피우고 싶어졌다. 호주머니를 뒤적거려 쭈그러진 담뱃갑을 찾아냈다. 피에 범벅이 되어있었다. 정무근이 석의 손에서 담뱃갑을 왈칵 빼앗았다.

"더럽고 치사한 놈!"

정무근이 담뱃갑을 땅에 던져놓고 그것이 보안과장 얼굴인 양 욕설을 퍼부으며 밟아 비틀었다. 갑자기 밖이 소란스러워졌다. 누가 온 걸까….

"개새끼들 올 테면 와 봐라!"

정무근이 큰소리를 치며 기계실 안으로 사라져갔다. 석의 눈에 칼이 보였다. 가슴이 갑자기 요동치기 시작했다.

'밖으로 던져버릴까? 놈을 도로 찔러버려야지…'

석은 입술을 깨물었다. 손을 뻗었다. 닿지 않았다. 몸을 움직여 칼 가까이 가려고 혼신의 힘을 다했다. 놈이 오기 전에… 석은 가슴이 터질 것 같았다. 마음뿐, 석의 몸은 조금도 움직여지질 않았다. 놈과 같이 뒹굴 때 척추가 몽땅 나갔단 말인가…. 석은 순간 죽음의 그림자가 얼핏 보이는 것 같았다. 조금 후 정무근이 석의 앞에 다시 나타났다. 그의 손에는 어느 틈엔가 담뱃갑이 들려있었다. 정무근이 담뱃갑을 우악스럽게 뜯어 한 꼬치를 석의 입에 물려주었다.

"불도…."

석은 무턱대고 불을 요구했다.

"불은 없는데…."

무근이 고개를 갸우뚱하다 말고 창가로 고개를 돌렸다.

"저 녀석들에게 좀 달랠까?"

이번에는 정무근이 빙글빙글 웃었다.

"아니야, 여기 있어."

석은 고개를 드는 시늉을 하며 바지 쪽을 가리켰다. 정무근이 석의 바지춤을 들춰 라이터를 꺼내어 석에게 불을 붙여주었다. 죽음의 길목에서 연기를 뿜어내는 석의 모습을 물끄러미 내려다보다 말고 자신도 한 개비를 붙여 물었다. 정무근은 연기로 동그라미를 만들어 석의 얼굴에다 한숨과 섞어 길게 날려 보냈다. 동그라미는 부메랑처럼 이상하게도 석의 얼굴에 닿자마자 다시 그의 얼굴로 되돌아가곤 했다.
석은 동그라미를 세고 있었다. 참 재미있다고 석은 순간 생
각했다. 여섯 개를 세고 난 후 석은 아까부터 꼭 물어보고
싶었던 말을 뱉어냈다.

"날 어떻게 할 거지?"

"…."

"나는 어떻게 되는 거야?"

정무근이 석의 질문에 대답을 하지 않고 도로 석에게 대
들었다.

"더러운 놈! 독한 마음 먹고 한다고 했는데… 그놈이 콧기
름을 발라 내가 이 지경이 되었으니…."

정무근이 앞뒤가 전혀 통하지 않는 말을 씨부렁거렸다.

"무슨 뜻이야?"

석의 눈이 번쩍 띄어졌다.

"너에게 얘기해 봤자 무슨 소용이 있나…. 보안과장하고
소장 녀석이 말이야…. 이젠 다 틀렸어. 선택의 여지가 없단
말이야. 죽을 수밖에는…."

정무근이 말을 더 잇지 못하고 한숨을 뱉어냈다. 정무근

의 육중한 어깨가 약간 흔들렸다. 온통 흰자위로만 덮여있던 그의 눈동자에서 이젠 흰자위는 간 곳이 없었다. 정무근이 이미 다 풀려버린 눈동자를 억지로 모으며 석의 눈을 들여다보았다.

"같이 죽어… 줄래…?"

갑자기 정무근이 부드러운 말투로 섬뜩한 부탁을 했다.

"그러지."

석은 조금도 망설이지 않았다. 자신이 생각해도 도무지 실감이 가지 않았다. 마치 남의 일처럼, 죽는다는 것에 대하여 추호의 망설임도 없이 삶의 애착을 쉬이 떨쳐 버릴 수 있다는 사실이 자기가 생각해도 대견스럽기까지 했다. 정무근이 오히려 흠칫했다. 석의 입으로부터 그렇게 쉽게 승낙을 얻어 낼 수 있을 거라곤 전혀 예상치 못한 탓일까…

"그렇다면 할 수 없지…"

정무근은 무슨 대단한 결심을 한 듯이 입술을 한 번 지그시 깨물고는, 기계실 안으로 사라졌다.

다시 나타난 그의 양손에는 시멘트 포대와 한 말 정도의 커다란 깡통이 들려있었다. 정무근이 석의 앞에 깡통을 내려놓고 먼저 포대를 뜯었다. 밀가루 같은 하얀 분말이 석의 눈에 보였다. 석은 누운 자세로 정무근의 다음 행동을 바라보았다. 하얀 가루를 석의 누워있는 가장자리로부터 시작하여 자신이 앉아있던 자리까지 골고루 뿌렸다. 종래는 석의 온몸에도, 자신의 몸에도 뿌렸다. 하얀 가루가 때마침 불어온 미풍에 조금씩 폴폴 날리기도 했다. 석은 무슨 가루일까 무척 궁금했다.

"그게 무슨 가루야?"

기어코 석이 정무근에게 물었다.

"이것도 몰라? 여기가 무슨 공장인지 생각해 보면 알 텐데."

정무근이 빈정거렸다. 정무근은 다 뿌렸는지 빈 포대를 탁탁 털더니 휘익 직원들을 향해 던져버리고는 이번에는 깡통을 들고 방금 뿌린 가루 위에다 액체를 붓기 시작했다. 휘발유보다 강한 시너라는 것을 석은 금방 알 수 있었다. 고무 가루에 시너를 뿌려놓고 불을 붙인다면… 석은 그다음 상황은 생각하지 않기로 했다. 석은 눈을 감았다.

'병신…' 그렇다. 병신이다. '식물인간…' 식물인간으로 구차한 삶을 이어갈 수는 도저히 없다. 어느 순간, 석은 자신의 무릎을 '탁' 쳤다. 왜 진작 그 생각을 못 했을까… 순직!' 명예로운 순직이란 말이다. 가슴, 저 밑바닥으로부터 알지 못할 기쁨 같은 것이 목구멍까지 차올랐다. 석은 조바심이 났다. 마음 같아서는 녀석이 들고 있는 시너 통을 빼앗아 왕창 부어버리고 당장에 불을 댕겼으면 싶었다. 이어 섬광이 번쩍 석의 뇌리를 때렸다. 이어, 칠흑 같은 어둠이 밀려왔다. 어느 틈엔가 허공에 둥둥 떠 있는 기분이, 석은 싫지 않았다. 그의 눈이 스르르 감겼다.

불꽃이 보였다. 실뱀의 가느다란 혀처럼 그곳에서 스멀스멀 그의 몸 가까이 다가왔다. 그 불꽃은 불덩어리가 되어 점점 커다랗게 다가왔다. 온통 세상은 불바다가 되었다. 그 불꽃을 비집고 그의 아내 얼굴이 보였다. 딸애의 얼굴도, 하나뿐인 아들 녀석의 얼굴도 함께 보였다. 사랑스럽고 믿음직스러운 자식들을 석은 무척 자랑스러웠다.

석은 아내와 애들에게 무언가 한마디쯤 꼭 해줘야 할 때가 바로 이때라는 생각이 들었다. 머릿속이 온통 뒤죽박죽

되어 무슨 말을 해줘야 할지 안절부절했다. 이 기회를 놓치면 두 번 다시 기회가 오지 않을 것 같은 초조함에 가슴이 터질 것 같았다.

'여보, 미안하오.' 석은 정말이지, 아내에게는 미안하기 그지없었다. 석은 애들의 이름을 불러보았다. 애들이 보이지 않았다. 아내도 간 곳이 없다. 그런데, 혜성처럼 나타난 또 하나의 얼굴…. 단발머리 소녀 같기도 하고 곱게 늙어간 중년 부인 모습 같기도 하고….

"와! 선생님이다."

석은 어느 순간 고함을 질렀다. 어느새 석이 어린아이가 되어있었다. 선생님이 손을 내미셨다. 석이 용기를 내어 그 예쁜 손을 잡았다. 그 손을 자기의 뺨에 비볐다. 선생님의 따뜻한 체온이 석에게 그대로 옮겨져 왔다. 석의 눈에서는 눈물이 펑펑 쏟아졌다.

"이 새끼! 벌써 골로 가셨나?"

정무근이 석의 뺨을 후려갈겼다. 석이 눈을 번쩍 떴다. 석의 눈앞에는 사랑스러운 아내도, 그토록 소중한 애들도, 그리고 예쁘던 선생님도 보이지 않았다. 아우성치는 직원들,

두억시니처럼 험악한 정무근의 얼굴뿐이었다. 정무근이 이젠 작업이 끝났는지 담배 한 개비를 빼어 물었다. 석이 얼른 라이터를 켜 정무근에게 건넸다. 정무근이 호주머니를 뒤적거리더니 담배 한 개비를 꺼내 누워있는 석의 입을 벌리고 물려주었다. 정무근이 석의 손에서 라이터를 빼앗아 자기가 켰다. 석에게 담뱃불을 붙여주며 무근이 먼저 입을 열었다.

"정말 같이 죽어줄 거지?"

다짐이라도 받겠다는 것일까. 석은 모든 것이 귀찮았다. 정무근이 담배 연기를 길게 들이켰다가 한참 만에 굴뚝처럼 쏟아부었다. 담배 연기가 올라가지 않고 바닥에 깔려 뱀처럼 기어갔다.

차 한잔 마실 시간쯤 지났을까, 정무근이 피우던 담배를 우악스럽게 비벼 끄고 석에게 왈칵 달려들었다.

"간부 회의에서 내 이야기가 나왔지? 콧기름을 바른 놈이 어느 놈이야? 그 이야기만 해주면 살려줄 수도 있단 말이다. 이 병신아!"

정무근의 눈에 어느새 눈물이 보였다. 정무근이 석의 목을 잡은 손목에 힘을 가했다. 석이 그럴 때마다 좀 더 꿈틀 거렸다. 석은 어느 땐가 간부회의 광경이 어렴풋이 떠올랐다. '투서' 생각도 났다. 하지만 '식물인간'으로서의 구차한 삶을 구걸하고 싶은 생각은 추호도 없었다. 그보다, 모든 것이 귀찮았다. 석은 고개를 가로저었다. 정무근이 석의 목을 틀어쥐었던 손을 풀었다. 앙다문 입술에서 피가 튀었다.

벌떡 일어나는 정무근의 손에 얼핏 라이터가 보였다. 석의 발밑 4~5미터쯤 떨어진 곳에서 정무근이 드디어 불을 댕겼다. 조금 전 석이 어렴풋이 보았던 그 가느다란 불꽃이 석의 발밑으로 아지랑이처럼 날름 기어 오기 시작했다.

"와! 와!"

"저 녀석이 정말 불을 붙였다!"

"저격해야겠다!"

쿵쿵, 쾅쾅 철문 두드리는 소리. 아우성 소리. 소리…. 소리…. 석은 그 모든 소리들이 자장가처럼 아련하게 들려왔다.

덤으로 사는 인생

지루하게 며칠째 계속되던 장마가 물러가고 오랜만에 활짝 개었다. 정기로 보아서는 아직, 가을이라 하기에는 이른 것 같은데 제법 시원한 바람이 불어왔다. 석은 침대 모서리에 세워두었던 목발을 집어 들었다. 겨드랑이에 끼고 뒤뚱거리며 서쪽 창가로 다가갔다.

　"김 씨! 이젠 많이 좋아졌구만, 처음에 들어오실 때는 영~ 가망이 없을 것 같더니…."

　버스 기사였던 박 씨가 교통사고로 다친 오른쪽 다리를 침대 모서리에 올려놓으며 석에게 걸터앉을 수 있는 자리를 내주었다.

　"좋아졌고말고… 그것도 다 김 씨 부인의 지극한 정성 때문일 것이오, 몸이 완쾌되시거든 날마다 업어 주셔야겠소.

그래도 그 은공은 모자랄 거요. 아마 암 모자라고말고…"

박 씨의 옆자리에서 신문을 뒤적이던 '벌렁코'가 신문에 눈을 박은 채 중얼거렸다. 누가 붙여준 건지 모르지만 그에게는 딱 어울리는 별명이라고 석은 생각하자 픽 웃음이 터져 나왔다.

그는 석의 병실에서 최고참이었다. 석이 그를 처음 보았을 때만 해도 이미 1년이 다 되어 간다고 했었다. 그는 고참 자격이 충분히 있었다. 병실의 궂은일이란 일은 마다하지 않고, 때로는 앞장서서 환자들의 이익을 위하여 노력하는 부지런함도 보여주었었다.

한번은 이런 일도 있었다. 피투성이 환자 1명이 자정이 넘어 응급실에서 올라왔다. 행려 환자였던지 가족이 없었다. 그가 밤새도록 가족처럼 수발을 들어주었다. 석에게도 그는 예외가 아니었다. 간혹, 석의 아내가 오지 못하는 날에는 석의 아내를 대신하여 석의 병구완에 지극정성이었다. 심지어, 석의 배설물조차도 얼굴 한번 찡그리지 않고 받아주었다.

석이 두 곳의 병원을 전전하다 이곳에 처음 기어들어 왔을 때만 해도, 박 씨의 말처럼 영영 사람 노릇을 할 수 없을 것 같았다. 그건 비단, 박 씨뿐 아니라 이 병실의 어느 누구도 같은 생각을 했을 정도로 그의 몰골은 처참했었다. 척추가 부러져 허리는 거의 90도가량 접혀있었고, 두 번이나 수술을 했지만 수술 결과가 여의치 않아선지, 대소변을 그의 아내가 업고 다니며 처리해야만 했었다.

모진 것이 목숨이라고 어느 누가 말했던가. 이를 증명이라도 하듯 석은 용케도 잘도 버티어 왔었다. 이젠, 비록 목발에 의지하고는 있지만 누가 보기에도 사람 구실을 못 할 것 같다는 소리는 듣지 않을 정도로 많이 회복된 것이었다.

"김 씨! 손님이 오신 것 같은데?"

벌렁코가 석의 어깨를 치며 턱으로 병실 입구를 가리켰다. 석의 아내와 5~6명의 건장한 젊은이들이 병실 문을 밀치고 있었다.

지하 다방. 잔잔한 음악이 물결처럼 흐르고 담배 연기가 뿌연 안개처럼 짙게 깔린 구석 자리에 석은 옛날의 직장동료들과 마주 앉았다.

"표창은 못 할망정, 이렇게까지 병신이 된 사람을 파면까지 시키다니. 나쁜 놈들!"

자리에 앉자마자 김 교사가 씩씩거렸다.

"무언가 많이 개선되어야 할 부분이야. 경찰 계통은 우리처럼 이렇게까지 가혹할 정도로 자기 자식은 잡아먹지 않던데…."

박 교사가 도저히 못 참겠다는 듯 탁자를 쳤다. 옆자리의 다른 손님들의 시선이 일순, 석의 일행 쪽으로 쏠렸다. 카운터에서 무언가 적고 있던 눈이 동그란 아가씨가 쪼르르 달려와서 석의 일행을 훑어보았다.

"전에 우범 뭐라더라 기억은 잘 나지 않지만 수십 명의 인명을 살상한 대형사고가 있었어도, 어디 크게 다쳤는가 직원들이 잘은 모르지만 처음에는 조금 시끄럽더니 몇 명 정도로 사건을 일단락 지웠을 거야. 아마. 만약, 우리가 그런 사건을 저질렀다고 가정해봐. 아마 한 사람의 직원도 살아남지 못할 거야."

최 교사가 박 교사를 두둔했다.

"그에 비하면 이번 사고는 우선 피해 측면에서 따지고 본다면 김 주임밖에 더 있어? 김 주임이 이렇게 병신이 되어준 것밖에…."

평소에는 색시처럼 말이 없던 최 교사가 정말 말이 많아졌다. 그렇다고 석이 나서서 동료들에게 왈가불가할 입장도 아니라고 생각했다. 그보다도 그들의 화제 속에서 무언가 찾아낼 수 있는 '도움이 될 수 있는 정보를 행여 얻을 수 있지 않을까.' 하는 막연한 기대감도 석은 없지 않았다.

최 교사가 물컵에 손을 뻗었다. 입에 쏟아버리듯 마시고 난 뒤 다시 말을 이었다.

"그런데, 그 피해자를 두 번 죽여! 이건 도저히 납득할 수 없는 부당한 처사야. 부당한 처사고말고…."

최 교사의 입에 거품이 보였다.

"이번 사건은 김 주임 혼자만의 문제가 아니야. 앞으로 제 2, 제3의 김 주임이 또 나타나지 않으리라고 어느 누가 감히 장담할 수 있겠어. 도둑님들의 지능은 더 교활해진 데다 민주화니 지랄이니 하는 바람이 불어와 개새끼들이 더욱 기고만장이니 그에 비례하여 우리들의 모가지는 자라의 모가지처럼 더욱 움츠러드니 말이야. 그런데다 또 이번 사건

처럼 김 주임이 당하고만 있으면 선례가 되어 어느 누가 도
둑님들 앞에 감히 선뜻 나서겠어. 허울 좋은 사명감이니 솔
선수범이니, 또 있지. 교정교화니 하는 것은 뒷전으로 돌리
고 보신주의로만 일관하지 않겠어. 나라도 당장 내일부터
그럴 것이라 생각이 들어. 물론 높은 사람들이 듣는다면 큰
일 날 소리지만."

　최 교사가 담배 한 개비를 빼어 물었다. 박 교사가 얼른
라이터를 켜 불을 붙여주었다. 담배 한 모금을 깊숙이 빨아
들였다가 기다랗게 내뿜으며 혼잣말처럼 중얼거렸다.

　"목구멍이 포도청이니…."

　적어도 석의 생각으로는 최 교사의 사고방식에 일단 수긍
이 갔다. 그러나 그것은 석의 처한 입장 때문에 자신의 주
관적인 사고에 대입하여 생각을 했을 뿐이지 조금이라도 비
켜서서 객관적으로 바라본다면 전혀 사리에 맞지 않는다는
것을 그도 잘 알고 있었다.

　한바탕 소란스럽던 분위기가 최 교사가 입을 닫자 갑자기
엄숙해졌다. 아직 한 마디도 꺼내지 않았던 정 교사가 물을
한 모금 마시다 말고 석을 건너다보았다. 조금 전 박 교사

나 최 교사의 얘기를 유난히 거부감을 갖고 듣는 것 같다고 석은 정 교사의 표정에서 은연중 그런 느낌을 받은 터이다. 틀림없이 정 교사는 반대 입장일 것이라고 석은 생각했다. 모두들 정 교사의 얼굴로 시선이 모였다.

"꼭 그렇게만 생각할 수도 없어. 내가 이런 말을 하면 당사자인 김 주임은 어떻게 생각하실지 모르지만…"

정 교사가 뜸을 두었다. 다시 한번 석을 마주 보았다.

"구태여 교정 기강 쇄신이니 자타 경계니 하는 단어들을 나열하지 않더라도 높은 어른들의 생각하시는 차원은 우리 졸병들이 생각하는 차원과는 현격한 차이가 있을 수 있다는 걸 결코 무시할 수는 없어. 문제는 바로 그 점이라고 생각해. 적어도 내 생각으로는 조금 전 박 교사나 최 교사의 말도 일리는 있어. 나도 그 점에 대하여서 결코 부정하고 싶은 생각은 추호도 없어. 나도 졸병 신분으로서 졸병의 비애를 왜 모르겠어. 박 교사나 최 교사처럼 성격적으로 소심한 편인 나 자신으로서 더했으면 더했지…"

석은 정 교사가 무슨 말을 하려고 뜸을 들이는지 대충 짐작할 수 있었다. 더 듣지 않아도 될 것 같았지만 구태여 정 교사의 말을 막고 싶지 않았다. 정 교사는 계속했다.

"최 교사를 걸고 드는 것 같아 미안하네만, 우 순경, 사건보다 이번 사건이 별로 다른 것이 없다고 생각해. 어떤 면으로 봐선 그보다 더 큰 사건이라고 할 수도 있어. 이런 논리로 비약시킨다면 좀 지나치다고 생각할지 모르지만 기왕에 말을 꺼냈으니 귀에 거슬리더라도 끝까지 들어주었으면 좋겠네."

석은 조금 전까지만 해도 정 교사가 대강 무슨 이야기를 할 것인지 짐작할 수 있었다. 그런데, 여기까지 화제를 끌고 온 정 교사의 의중은 도무지 짐작할 수가 없다. '이번 사건이 우 순경 사건보다 결코 작은 사건이라고 할 수 없다. 무슨 이유로, 왜?' 석은 정 교사의 다음 말이 몹시 궁금했다. 정 교사는 이러한 석의 심중을 읽고 있는 듯이 다시 한번 석의 표정을 살피고 나서 말했다.

"우 순경 사건의 경우는 총기를 당연히 소지할 수 있는 자격이 있는 사람이 그 총기로 사건을 일으켰고, 이번의 경우는 어떤가? 내가 더 이상 얘길 하지 않더라도, 불행 중 다행이랄까, 그 녀석이 그 총기를 사용하지 않아 준 덕분에⋯ 사건이 이 정도로 일단락되었지. 그런 측면에서 따져본다면 그래도 우 순경 사건보다 비중이 가볍다고 감히 할 수 있을까?"

정 교사는 이젠 거드름까지 피웠다. 딴은 정 교사의 말처럼 그 녀석이 총기를 사용했더라면, 인명 살상은 거울을 들여다보듯 뻔한 사실이었을 테고, 사건이 그런 방향으로 전개되었다면… 석은 그다음 일은 생각하지 않기로 했다. 석은 정 교사에게 계속하라는 시늉을 보냈다.

"결론적으로 말한다면 그 우 순경 사건보다 결코 작지 않은 사건을 유발한 장본인을 그냥 살려줄 수가 있겠는가? 자네들이 혹시 높은 사람들이라면?"

정 교사는 여기에서 일단 말을 끊고 또 한번 컵을 잡았다. 빈 물컵을 들고 카운터를 보고 팔을 두 번 흔들었다. 예의, 그 눈이 동그란 아가씨가 잽싼 걸음으로 그들 곁으로 다가왔다.

"총기 말이 잘 나왔네. 자네 말처럼 도둑놈이 아니지 도둑님께서 그 총기로 마구 갈겨주지 않은 덕분에 인명피해가 없었다고 치세. 그래서 김 주임 한 사람만이 다친 걸로 사건이 일단락되었다고 본다면…"

한동안 말이 없던 박 교사가 정 교사에게 시비를 걸었다. 박 교사의 얼굴에 웃음기가 싹 가셨다. 정 교사가 박 교사의 눈치를 살폈다. 박 교사는 정 교사의 시선쯤은 아랑곳하지 않는다는 투로 말을 이었다.

"그 총기를 놈에게 쥐여 준 건 어느 놈인데… 그놈은 말짱하고 총기와는 무관한 김 주인만 죽여. 자네 말처럼 총기 반입으로 큰 사건이 유발될 뻔했다고 따지고 본다면 '공적은 부하에게 책임은 상사가' 하는 우리들이 수없이 들어온 그 구호는 어떤 망할 놈이 지어낸 말인가."

박 교사의 눈에 핏발이 섰다. 그의 입이 씰룩거렸다. 금방이라도 정 교사의 멱살을 잡고 후려갈길 것 같이 분위기가 살벌해졌다. 정 교사는 속으로 생각했다. 박 교사에게 공격을 받았으니 무언가 대응을 해야겠다는 생각은 들었지만 얼른 입이 떨어지지 않았다. 할 말이 생각나지 않는 건 아니었다. 오히려 할 말이 너무 많아 뒤죽박죽이 되어 얼른 정리되지 않았다.

"박 교사가 그렇게 나오면 나는 반박하겠네. 총기를 넣어

준 놈은 말짱하다고 방금 박 교사가 불만을 터뜨렸지만, 그 총기를 그 상황에서는 넣어주지 않을 수 없는 극한상황이었다고 생각해. 왜 자네들도 알다시피 우리 형법에 '긴급피난'이니 '자구행위' 등, 불가벌의 조문들이 있지. 중앙선을 침범하여 달려오는 상대방의 차를 피하기 위해 핸들을 꺾다가 길가에 세워둔 제3자의 자전거를 손상시킨 행위. 그 자전거 값을 과연 변상해야 하는가 하는 문제. 내가 예를 잘못 들었다면 또 하나 더 들지. 나도 형법 책을 덮은 지 하도 오래되어 그러한 법조문들에 대하여 얼른 생각이 나지 않아서 '이거다' 하고 콕 집어 말할 수는 없지만, 보안과장으로서도 소장님의 목숨을 구하기 위해서는 그런 이유가 아니라도 상사의 명령을 거역할 수 없어서라면… 자네들은 그런 명령을 한 소장님을 책임지워야 한다고 할 텐가, 그보다 공무원은 부당한 상사의 명령은 이행하지 않아도 된다고 대들지 모르지만, 하여튼 자네들이 가령 당시의 극한상황에 처해진 보안과장이나 소장님의 입장이 되었다고 가정해봐. 과연 그분들에게 돌을 던질 수 있을 텐가?"

정 교사가 이젠 박 교사를 노려보며 탁자에다 턱을 고았다. '내가 만약 그 당시 그 상황이었다면…' 박 교사는 정 교사의 말뜻을 되새기며 얼핏 당시의 처절했던 광경을 떠올 렸다. 정 교사의 공격에 대항할 수 있는 의욕이 없어졌다. 원래 다혈질이라고 생각했고 지금까지 오십 평생을 살아오 면서 거의 남에게 굽힐 줄 모르는 강직한 성품을 지녔다고 자부해 온 터이지만 이번 경우는 도무지 실마리를 찾을 수 가 없다.

난처한 박 교사를 구제라도 하듯이 또박또박 가냘픈 금 속성이 잠시 이어지더니 뽀얀 기둥 두 개가 고개를 숙이고 있는 박 교사의 바로 눈앞에 들어왔다. 뽀송한 솜털을 보고 있자니 가슴 어느 구석엔가 뭐라고 콕 집어 표현할 수 없는 어떤 욕망이 분위기에 걸맞지 않게 불쑥 솟구쳤다.

"올 커피로 할까요?"

정 교사가 석의 눈치를 살폈다.

"나는 시원한 우유. 분위기를 봐선 모유는 안 될 테고…"

문 교사가 아가씨를 슬쩍 건드리며 싱거운 소리를 했다.

"우유 하나, 나머지 올 커피로."

아가씨가 오른손인지를 박 교사의 코앞에 바짝 치켜들며

한 바퀴 빙글 돌았다. 후레아 스커트자락이 박 교사의 얼굴을 휘감았다. 하얀 기둥 사이로 꼭 낀 노란 천이 박 교사의 눈에 확 들어왔다.

"오늘 커피 값은 박 교사가 부담해야겠군. 금강산을 구경했으니 말이야."

문 교사가 빈정거렸다. 박 교사의 얼굴이 붉어졌다.

"순진하기는."

정 교사가 박 교사의 등을 두드렸다. 분위기가 한결 부드러워졌다.

"우유가 어느 분이죠?"

"알아 맞춰봐. 어느 분이 우유를 좋아하게 생겨 먹었는지."

레지 아가씨를 상대로 김 교사가 장난을 걸었다.

"장난할 시간 없어요. 아무나 마시세요."

아가씨가 김 교사에게 잡힌 손목을 매정하게 뿌리쳤다. 아가씨의 눈꼬리가 올라갔다. 한바탕 웃음이 터졌다.

"나는 모유가 더 좋은데, 아가씨의 성깔로 봐선 우유라도 마셔야겠구만."

문 교사가 우유 잔을 끌어당겼다. 아가씨가 표정을 바꾸면서 좌중을 둘러보며 입을 열었다.

"프리마와 설탕 모두 탈까요?"

석의 차례가 되었다.

"내겐 프리마를 세 스푼, 설탕은 세 스푼 반으로 해주시오."

"세 스푼, 세 스푼 반…."

아가씨가 석의 말을 되씹으며 고개를 갸우뚱했다. 석은 아가씨의 시선은 무시하듯 커피잔을 입에 대었다가 금방 탁자에 놓고 환자복 허리춤에서 종이 뭉치를 꺼냈다. 구겨진 종이뭉치를 탁자에 펴다 말고

"우 순경 사건에 비유한 정 교사의 말도, 총기를 넣어줘 사건을 확대시킨 보안과장이 전적인 책임을 면할 수 없다는 박 교사의 말도 모두 나를 위해서 생각해 주는 여러분의 심정을 수긍할 수 있어. 그렇지만 현실적으로 내게 가슴에 가장 무겁게 와닿는 것은 소장님에 대한 '살신성인'의 고마움 뿐이야. 당신의 목숨을 걸고 하찮은 일개 부하직원의 생명을 구하기 위해 기꺼이 인질을 자원하신 어른의 결단력에

뭐라고 감사해야 할지…"

　사실, 지난번 문병 왔던 어느 직원은 소장의 결단력 부족으로 일이 확대되었고, 또 어느 직원은 설령, 총기 반입 지시가 소장의 오판으로 내려졌다고 해도 그 지시 명령에 대한 수행 여부 과정에서의 판단 책임은 보안과장이 져야 한다고 하더라만? 석은 좌중을 다시 한번 둘러보았다. 박 교사가 재빨리 끼어들었다.

　"말이 나왔으니 말이지만, 보안과장이 죽일 놈이야. 왜, 자네들도 들었지? 소장님과 인질을 바꿀 때 그놈이 보안과장을 들어오라 했을 때 못 들어간다고 끝까지 뻗대더라면서… 비겁하게 시리… 목숨이 아깝다는 속은 숨겨놓고 지휘할 사람이 없어서 어쩔 수가 없다고… 결국 아무런 관련 없는 용도과장님을 들어가시게 하면서까지, 빌어먹을…"

　보안과장이 만약 곁에 있다면 뺨이라도 후려갈길 듯이 으르렁거렸다.

　"꼭 그렇게 부정적으로 비약시킬 건 없어. 지휘할 사람이 보안과장 자신뿐이라고 판단할 수 있지. 더구나 무근이 놈이 꼭 보안과장을 들어오라고 지랄했다니 더더욱 그런 생각이 안 들겠어?"

정 교사가 끝까지 보안과장을 두둔했다.

"정 교사!"

박 교사가 정 교사를 노려보았다. 정 교사가 흠칫했다.

"넌 인마! 야당이야 여당이야?"

박 교사가 정 교사의 멱살을 잡았다. 커피잔이 탁자 밑으로 우르르 떨어졌다. 석이 박 교사의 어깨를 눌러 자리에 앉혔다. 분이 덜 풀린 박 교사가 씩씩거렸다. 정 교사가 박 교사의 눈치를 살피며 자기 목을 쓰다듬었다. 그의 목 부분에 구렁이 기어가듯 금방 빨갛게 줄이 그어졌다.

"싸움질이 뭐요. 점잖은 사람들이!"

석이 그들의 얼굴을 훑어보고 난 후 입을 열었다.

"결론적으로 말한다면 총기 반입으로 인한 사건 확대는 박 교사의 말처럼 실질적인 나의 죄목이 무거워진 결과라고 생각은 들지만, 현실적으로 처벌받은 죄목은 총기 반입에 대한 언급은 한마디도 없어… 다시 말하면 총기 반입에 의한 사건 확대는 형식적으로는 간접적인 영향만을 끼쳤을 뿐이야. 그러니까 이 자리에서 총기 반입 건으로 왈가왈

부할 필요도 없어, 그리고 목숨이 아까워 용도과장이 들어가게끔 비겁하다느니 하면서 보안과장을 욕할 필요도 물론 없고. 만약 자네들도 그 당시의 보안과장 입장이었다면."

석은 물컵에 손이 갔다.

"그렇다면 구체적인 죄목은 뭔가요?"

박 교사가 앉은걸음으로 의자를 석의 곁으로 끌어당겼다. 석의 시선이 조금 전 탁자 위에 펴 놓은 서류로 옮겨졌다. 그의 음성이 조금 떨렸다.

"첫째, 계호감독 근무명을 받고도 사고 발생을 대비하여 시갑을 하여야 함에도 이를 소홀히 하였고, 둘째, 계호 시에는 시선 내에 계호하여야 함에도 이를 태만히 하고 담배 찾는 데만 급급하여 피계호자와 일정한 거리를 유지하지 못한 계호 잘못과, 셋째, 수형자로부터 불의의 공격을 받았을 때는 적극적으로 대항, 사고를 조기 진압하여야 함에도 오히려 제지직원의 접근을 막는 등 소극적으로 대처하였고, 넷째, 계호감독자로서 2인 이상의 직원이 근무 시에는 각기 직원들의 책임 한계를 분명히 지정해주어야 함에도, 이를 소홀히 하였다는 것이야. 그래서 국가공무원법 제55조와 동법 제73조 제1항 1호 및 2호의 규정에 의거 파면에 처한다는 것이야. 위 근무 규정은 성실의무 위반과 근무 태만이고."

석은 담배를 피워 물었다. 아가씨가 얼른 성냥을 그어댔다.

"감독근무자는 교위 김광모가 명령 났다 하던데요?"

박 교사가 또 끼어들었다. 석이 귀찮은 듯이 고개만 약간 숙였다.

"그렇다면 잘은 모르지만 그 죄목에서는 별로 해당되는 것이 없는 것 같은데요, 호송책임 명령을 받은 김광모가 해야 하는 것 아닙니까? 상식적으로 지금까지 20여 년간 근무해온 관례적으로도, 시갑을 하지 않고 연출했다느니, 또 뭐라 했어요, 직원 여러 명 근무 시 역할분담을 해줘야 한다느니 하는 것들은 김 주임은 해당이 없잖아요?"

박 교사가 곁에 앉은 정 교사에게 동의를 구했다.

조금 전 박 교사로부터 잡힌 목이 아직도 아픈지 목 부위를 쓰다듬던 정 교사가 박 교사를 흘겨보았다. 담배 연기를 뿜어 올리던 석이 뿜어 올린 담배 연기에 시선을 보내며 다시 나섰다.

"내가 지금 가장 안타깝게 생각되는 건 바로 그 점이야. 박 교사 말처럼 윗사람들이 그렇게만 판단해 준다면 내가 혹시 살아날 수 있을지도 모르지만 지금까지의 진행된 사항들로 미루어 볼 때 아마 힘들 것 같아…"

"왜! 어째서?"

박 교사가 대들었다.

"내가 이 병원에 오기 전 처음 병원에 있을 때 쓴 경위서 하며 또 교위 고병신, 김종국의 경위서라던가, 또 이건 가장 중요한 점인데 보안과장이 '양심선언'을 하지 않는 한…"

석은 말을 잇지 못하고 한숨을 쉬었다. 모두들 석의 얼굴만을 쳐다보고 있었다. 무슨 말인지 도무지 종잡을 수가 없었다. 경위서는 어떻게 썼으며, 고병신, 김종국의 경위서는 무슨 관계가 있는가…. 그보다 보안과장의 '양심선언'이란 무엇을 의미하는가.

박 교사는 좀 더 구체적으로 얘기를 해보라고 마구 욱박 지르고 싶은 충동이 목구멍까지 차올랐지만 억지로 참기로 했다. 석이 말을 이었다.

"내 경위서는 그날 아침 보안과장 이희도로부터 호송준비 감독명령을 구두로 받았던 것 같이 썼다는 거야. 물론 고병신도 김종국의 경위서도 이를 뒷받침해주는 내용이고, 자네들도 알다시피 그날 이송 가는 재소자가 3명이었고 일근 주임 역시 3명이니 빈틈없이 맞아떨어질 수밖에. 다시 말하면 고병신이나 김종국은 그날 아침 호송책임자 외에 호송준비 감독명령을 보안과장으로부터 구두지시로 받았는데 유독 나 혼자만 받지 않았다고 우겨본들 믿어주겠나?"

"구두 명령은 받았어요? 김 주임은? 경위서도 그렇게 썼다면서요?"

박 교사가 또 나섰다.

"물론 받지 않았지. 경위서도 받았다고 쓰진 않았고…"

"그렇다면 앞뒤 말이 맞지 않는데…"

"그 전날 토요일 오후 퇴근 시에 일근 주임들은 월요일 아침 평소보다 일찍 출근하라는 보안과장의 지시로 보안 서무로부터 전달받은 건 사실이야. 사건 당일날 보안과에서 보안과장을 만난 것도 사실이고, 내가 인사를 했더니 고개만 끄덕거릴 정도의 답례만 하고 한마디 지시도 없었어. 차라리 그 자리에서 '김 주임은 정무근의 호송준비 감독을 해

주게.' 하고 명령만 있었다면 지금처럼 내가 이 지경은 되지 않았을 거야. 내가 사방 감독이잖아. 그래서 곧바로 사방으로 갔었어. 2사에 갔을 때는 정무근은 이미 호송준비 직원들이 공장으로 연출하여 간 후였고. 왜냐면 최병묵과 이철운을 사방에서 보았으니까. 최병묵이나 이철운의 준비 감독명을 받고 무사히 업무를 마쳤다고 경위서를 쓴 고병신, 김종국은 코빼기도 보지 못했고."

"그놈들도 죽일 놈이네. 동료를 팔아먹다니!"

박 교사가 또 신경질을 부렸다.

"꼭 그렇게 만은 단정할 수는 없어. 명령을 받고도 현장에 오지 않을 수도 있을 테고."

석이 진심인지 아니면 듣기 좋으라고 하는 소리인지 그들을 두둔했다.

"경위서 문제는?"

"본부에서 조사관으로 교정관 양동태가 왔었어. 양 계장은 내가 교도 시절 K교도소에서 같이 근무한 적이 있었던 사람이니까 모르는 사람보다는 훨씬 안심이 되더구만. 솔직히 내가 이런 말을 하면 그보다도 당시는 완전히 식물인간이 되어있었던 때라 설마 동정으로라도 이렇게 가혹하게는 하지 않을 것이라 생각했지."

"그래서?"

박 교사가 턱을 괴었다.

"그래서 말이지만 별생각 없이 양 계장이 경위서 초안을 잡아 주는 대로 썼지."

"어떻게? 보안과장 이희도로부터 구두 명령을 받았다고?"

박 교사의 언성이 좀 더 높아졌다.

"지금으로선 정확히 기억할 순 없지만 그 당시 가장 중요한 부분이라 생각되었던 문맥이 생각나긴 해. 왜냐하면 그것 때문에 양 계장과 몇 번 입씨름을 했었으니까…."

"뭔데?"

"보안과장은 지시 명령을 했다지만 소식은 받지 못했으며 하는 부분이야."

"그런 경우가 어디 있어? 명령을 받지 않았다면 아예 그 부분에 대하여는 언급이 없어야 하는 것 아니오?"

박 교사가 바짝 대들었다.

"지금 생각해보면 박 교사의 말이 맞는 것 같아. 당시 나는 조금 전에도 언급했듯이 식물인간처럼 되어 살아날 것 같지도 않았을 뿐 아니라 '파면' 같은 생각은 염두에 두지도 않았으니깐…."

"더더욱 나쁜 놈은 양 계장인가 그놈이구만, 보안과장은, 김 주임을 덮어씌워 자기가 조금이라도 덜 다치려고 몸을 사렸다고 치고, 그것이 인간의 본능이라고 백번 양보하기로 하고, 그러나 그놈은 경우가 다르잖아. 아무리 공무가 우선이라지만 옛날의 정리를 생각해서, 그것도 무시했다고 또 한번 더 양보한다 해도, 적어도 사실대로는 조사해야 할 것 아냐. 각본을 만들어 경위서 초안까지 잡아 주면서까지 올가미를 씌워? 그런 인간들이 윗자리에 버티고 있으니 정말, 한심하다 한심해…."

박 교사가 기어이 분통을 터뜨리고 말았다. 곁에 있는 남의 물컵까지 모두 모아 입에 쏟아부었다. 석은 박 교사의 언동이 지나치다고 생각되었다. 석은 박 교사의 얼굴을 찬찬히 뜯어보며 입을 열었다.

"낮말은 새가 듣고… 하는 말 알지? 그 사람들 귀에 들어가 봐. 이곳에서 밥을 빌어먹지 않으려면 몰라도."

석은 박 교사가 더 이상 심한 말을 하지 않았으면 좋겠다는 생각이 들었다. '혹시 기자 나부랭이라도 듣는다면.' 석은 주위를 둘러보았다. 옆자리에는 연인들 사이로 보이는 젊은 남녀가 고개를 마주하고 밀담을 나누고 있고, 뒷자리엔 허름한 작업복의 중년 두 사람이 무언가 도면 같은 것을 놓고 들여다보고 있었다. 석은 정 교사의 눈치를 살폈다. 분위기를 느꼈는지 정 교사가 슬그머니 일어나서 화장실 쪽으로 걸어갔다. 박 교사가 도끼눈이 되어 정 교사의 뒤통수를 한참이나 노려보았다.

"박 교사 생각처럼 보안과장과 양 계장이 공모하여 각본을 만들었고, 그 들러리로 고병신, 김종국이 동원되었다는 생각이 아니 드는 것은 아니지만, 또 어떤 면으로 봐선 양 계장 위의 선에서 이미 각본이 짜인 것 같기도 하고, 또 어떻게 생각해 보면 고병신, 김종국이 보안과장으로부터 구두 명령을 받았는지도 알 수 없고. 바꾸어 말하면 보안과장이 나에게만 지시하는 것을 잊어버릴 수도 있고.

그렇게 긍정적으로 생각해 본다면 양 계장이나 고병신, 김종국을 원망할 수는 없지. 다만 분명한 것은 보안과장 이희도가 나에게 감독지시를 하지 않았으면서 했다고 하는 거짓말이야. 내가 가장 괘씸하고 서운한 부분이 이점이야. 자기로서는 호송감독자를 김광모로 호송계획서와 출장명령까지 소장 결제를 득했을 뿐 아니라 게다가 당일 아침에도 도둑놈 1명당 직원 경교대 합쳐 10여 명 이상 배치를 했었는데, 구태여 주임 한 사람 정도 더 배치하지 않았다고 하더라도 자기 책임에는 별반 영향이 없을 건데. 악착같이 날 물고 늘어지는 이유를 모르겠어.

설령 보안과장이 지금에 와서 '김 주임에게 구두 명령을 했다고 한 것은 사실과 다르다.' 하고 '양심선언'을 한다 해도 어쨌든 바보같이 도둑놈에게 인질이 되어 사건 발단의 원인 제공을 한 장본인으로서의 죄가 '파면'보다 가벼워질 수 있다고는 장담할 수 없어. 명령을 받았건 받지 않았건 간부라면 당연히 늦게라도 시갑 하지 않은 걸 발견했더라면 감독교사가 뭐라고 하던 원칙대로 시갑을 했어야 했고. 죄목처럼 계호를 철저히 하지 않아 인질을 당하는 바보짓은 하지 말아야 했어. 그 점에 대하여는 나도 할 말이 없어.

지금에 와서 내가 하고 싶은 말은 나에게 붙여진 죄목이

잘못되었다는 것이야. 그것은 두말할 필요도 없이 보안과
장이 호송준비 감독명령을 했다고 거짓 경위서를 제출한 덕
분이긴 하지만, 구차스럽게 4가지나 나열하지 말고 그냥 '감
독자로서 우연히 현장에 들렀다가 계호를 소홀히 하여 바
보같이 인질이 되어 물의를 일으켰고 교정계의 위상에 흠
집을 초래했다. 그래서 자타 경계상 파면시킨다.' 했으면 나
로서도 할 말이 없지. 20여 년간 천직으로 삼고 지내오다가
한순간의 실수로 이렇게 병신까지 되어 보상은커녕 불명예
까지 짊어지고 쫓겨나는 내 기구한 운명이 한없이 원망스럽
긴 하지만 어쩔 수 없잖아. 칼자루는 높은 양반들이 쥐고
있으니 말이야…"

　오랫동안의 말을 마친 석의 음성은 어느새 울음으로 변
해있었다. 모두들 숙연한 심정으로 석을 물끄러미 바라보았
다. 화장실에 갔던 정 교사는 다시 나타나지 않았다. 박 교
사는 아까부터 꼭 이 한마디를 해주고 싶었다. "김 주임! 덤
으로 사는 인생이니 그나마 다행으로 여기시구려."라고….

양심선언

〈총무처 소청심사 위원회 대기실〉

네댓 평 남짓한 직사각형의 공간, 가운데 미색으로 포마이카를 입힌 탁자가 세로로 놓여있고 탁자 길이만큼의 다갈색 비닐 천을 씌운 소파가 빙 둘러 놓여있었다. 신축 건물이 아닌 것 같은데 관리상태가 좋아선지 유난히 정갈한 느낌을 주었다.

석은 초조한 마음을 가라앉히기 위해 벌써 몇 번이나 창가와 소파 사이를 서성거렸는지 모른다. 저 멀리 내려다보이는 장난감처럼 다닥다닥 붙어 있는 건물들, 그 사이로 개미 떼처럼 꼬리를 물고 기어가는 자동차의 행렬도 석의 눈에는 초점이 맞지 않는 영상처럼 희뿌옇게만 비쳤다. 초조하기는 비단, 석뿐만이 아니었다. 박 교사도, 김 교사도, 그 외 소청심사 위원회에 참석하는 소위 6·25 공범들의 심정은 결코 예외가 아니었다.

석은 시계를 보았다. '14시 50분' 아직도 10분이나 남았다. "정각 15시에 들어가도록 하시오." 조금 전 총무처 직원의 그 쉰 듯한 목소리가 마치 지옥에서 들려오는 저승사자의 목소리 같다고 석은 느꼈었다. 공교롭게도 석의 바로 옆자리에 보안과장 이희도가 앉아있었다.

처음 그가 이 방에 도착했을 때, 좀 더 정확하게 표현하자면 이 건물 현관에서 석이 그를 처음 만났을 때 석은 순간적으로 달려들어 그의 목을 조르고 싶었었다. 칼을 미처 준비해오지 못한 것이 후회가 되기까지 했었다. 그러나, 마음과는 달리 석은 손을 내미는 그에게 두 손으로 잡고 "과장님 그동안 안녕하셨습니까?" 하고 비굴하게도, 정말 비굴하게도 인사를 하지 않았던가. 생각할수록 석은 자신이 죽이고 싶도록 미웠다. 병신 같은 자식! 지지리도 못난 자식! 석은 얼마나 가슴을 쥐어뜯었던가. 하필이면 그때 왜 근심스러운 아내의 얼굴이 떠올랐을까…. 그가 그토록 애지중

지하는 자식들의 천진난만한 말간 눈망울이 비쳤을까…. 혹시나 다시 복직이 된다면 다시 상사로 모셔야 할 사람이니 어쩔 수 없지 않은가…. 또 한 사람의 그가 간사하게도 석의 울컥하는 마음을 다독거려 주었었다.

고개를 떨구고 있던 석이 어느 순간 얼굴을 번쩍 쳐들었다.

"과장님! 지금은 다 지난 일이니 마지막으로 한 말씀 해 주십시오. 정말 호송준비 감독명령을 하셨다고 하신 이유를 말입니다."

석은 자신이 생각해도 참으로 어리석은 질문이란 생각이 들었다. 그것도 단둘이 있는 것도 아니고 부하직원들이 있는 면전에서 과연 그로부터 무슨 대답을 얻어낼 수 있을까…. 석은 순간적으로 후회가 되었다. 보안과장은 석의 질문에 의외라는 듯 석의 얼굴을 한번 더 찬찬히 들여다보는 듯싶더니 고개를 약간 떨구며 혼잣말처럼 중얼거렸다.

"사실은 김 주임에게 지시한 것은 아니야, 신 계장에게 했어. 그렇지만 지금에 와선 번복할 순 없지 않은가?"

석은 자신의 귀를 의심했다. 가슴이 쿵쿵 뛰었다. 얼굴이 화끈 달아올랐다. 죽여 놓고 이제 와서 '양심선언'을 하다니! 고래고래 고함을 치며 상판대기를 마구 갈겨주고 싶었다. 감정을 억누르며 석은 곁에 앉은 직원들에게 시선을 돌렸다. 들었는지 못 들었는지 모두들 무표정한 얼굴들이었다. "과장님! 그러면 됩니까? 거짓으로 부하직원을 죽이다니." 하고 어느 누가 석의 입장을 대변해 주었으면 좋겠다고 석은 갈망했다. 그것도 석의 지나친 욕심이었다. 어느 누구도 석의 안타까운 심정을 알아주지 않았다. 그것마저 석은 원망스러웠다. 생각 같아서는 그의 입을 비틀며 직원들에게 자랑하고 싶은 마음이 부글부글 끓어올랐다. 눈물이 펑펑 쏟아졌다. 석은 기고만장했다.

"이놈이 이제야 양심선언을 한단 말이냐. 부하직원을 이 지경으로 만들어 놓고…"

그러나 석의 고함 소리는 석 자신 이외에는 누구도 들을 수가 없었다.

위증

〈고등법원 제502호 법정〉

2시 정각부터 시작된 재판은 무려 3시가 다 되도록 석의 사건에 대한 심리는 시작되지 않았다. 유독 부동산에 관한 사건이 아니면 그와 비슷한 사건들로 증인들이 많이 등장하여 시간이 많이 소요되었다.

처음 재판이 시작되기 훨씬 전인 오후 1시가 채 되지 않아 석은 벌써 502호 재판정 복도에 도착했었다. 벽에 붙어 있는 공판 안내기록판에서 석은 자기 이름을 발견하고는 왠지 기분이 좋았었다. 그동안 수없이 들락거린 곳이었지만 어쩐지 감회가 새로웠다. 아무도 없다면 휘파람이라도 불고 싶었다. 증언을 서 준 직원들이 눈물겹도록 고마웠다.

"배 교사, 허 교도."

석은 그들의 얼굴을 떠올리며 입속말로 그들의 이름을 불러보았다. 딴 놈들은 못 들었다고 발뺌을 하는데도 그들은 압력을 받을 것을 번연히 알면서도 '정취 확인서'를 기꺼이 써주지 않았던가. 그뿐인가, 천릿길을 마다하지 않고 법정에까지 와서 증인선서를 당당히 한 후에 또렷한 목소리로 "네, 분명히 들었습니다. 보안과장이 김 주임에게 명령은 하지 않았습니다. 신 계장에게 했습니다. 그렇지만 지금에 와서는 번복할 수 없다고 말했습니다." 석은 아직도 그 목소리가 또렷이 들려왔다.

자기도 인간일진대, 적어도 수천 명을 호령하는 제법 높다고 생각하는 간부일진대⋯ 감히 부하직원들 앞에서 내뱉은 말을 결코 번복할 수 없으리라. 석은 나쁜 쪽으로는 생각하지 않기로 했다.

석은 뒤를 돌아다보았다. 한 줄 건너 대각선으로 본부의 소송대리인과 사건담당이었던 예의 양태동 계장이 서류뭉치를 뒤적거리며 무언가 귓속말을 주고받고 있었다. 보안과장의 얼굴도 보였다. 석은 그들과 시선이 마주치자 얼른 시선을 피해버렸다. 석은 그들이 그렇게 밉게 보이지 않았다. 그들을 죽이고 싶도록 이를 갈았던 생각들이 간 곳이 없었다. 자신이 생각해도 이상했다.

오랜만에 미소를 머금은 아내의 얼굴이 뇌리에 떠올랐다. "그동안 고생 많았지." 하고 악수를 청하는 옛 동료들의 얼굴도 보였다. 그 얼굴들을 따라 지난날들이 파노라마처럼 이어져 나왔다.

피투성이가 된 채 고무 가루와 범벅이 된 시너를 뒤집어쓰고 나무토막처럼 뻗어 있는 자신의 모습이 보였다. 뱀의 혀처럼 가느다란 불꽃이 날름거리며 그의 몸 가까이 다가왔다. 순간 정전된 TV 화면처럼 영상이 끊어지고, 이윽고 식물인간이 되어 그의 아내 등에 업혀 대소변을 처리하는 처참한 그의 모습이 보였다. 무려 4개월이 되었지. 그 지긋지긋한 병원 생활. 파면 소식을 접하고 아내에게는 차마 말 못 하고 혼자 끙끙대며 괴로워했던 수많은 낮과 밤. 여기저기서 아내 몰래 사모아 두었던 한 주먹이 넘었던 아티반의 말랑한 촉감. 한입에 털어 넣고 물 한 모금이면 모든 것을 해결할 수 있을 텐데 하고 시달렸던 갈등, 또 갈등, 겨우

30여 만원이란 월급에 매달려 팔자에 없던 영선공 시절. 참 그때는 자식의 등굣길에 못난 애비의 초라한 모습을 보이지 않으려고 숨어서 쓰레기를 줍기도 했었지.

아내에게는 공장에 취직되었다 거짓말로 둘러대 놓고 성치 않은 몸을 이끌고 도시락을 싸들고 새벽같이 일어나 일품을 기다렸던 교통부 로타리 대지예식장 앞 노상. 그때는 무슨 날씨가 그렇게나 추웠던지. 허리를 못 쓴다는 것이 발각되어 겨우 일주일을 채우지 못하고 쫓겨났었지.

샤니빵 공장 경비원 시절은 그런대로 괜찮은 편이었어. 한 달 먼저 들어온 고참이라고 아침마다 태극기를 나 혼자만 달게 했던 그 녀석과 싸움질만 하지 않았더라도 좀 더 버티었을 텐데. 그 보기 싫게 튀어나온 주둥아릴 가진 그 젊은 녀석의 이름이 뭐였더라.

그러나 한때는 나도 잘나갔던 시절이 있었지. 장순권이 톱박차라고 놀려대긴 했지만 까만 DM프라이드를 싱싱 몰고 다니며 사장님 소리도 들었었어. 아침마다 조회랍시고 직원들 대여섯 명 모아놓고, 그것도 이사니 상무니 전무니 거창한 명함을 가진 신사들을 모아놓고 일장 연설도 했던 기억도 난다. 아마 제일 낮은 직함이 이사였을 거야. 그뿐이라, 그 톰박차로 어느 한날엔 부산에 내려오신 선생님을 모시고 서투른 운전 솜씨를 자랑도 했었지. 선생님은 그 와중에서도 내게, 사람하고 차하고 안성맞춤이라고 농담도 하신 기억도 새롭다.

봉투가 불룩하도록 이력서를 담아서 두 번째인가 세 번째인가 좌우간 물집이 생기도록 걸어서 도착한 회사에서 당장 내일부터 일해도 좋다고 '구직의 기쁨'을 안겨주던 '언희택시' 허 전무님의 음성은 어찌 그리도 고마웠던지. 시원찮은 운전 솜씨 때문에 연산 2공구 앞 내리막길을 내려오다 저만큼 꼬마 녀석을 공중으로 튀어 오르게 했던 아찔했던 순간. 그 순간엔 20여 년간 싫증 나게 보았던 그 하얀 은팔찌가 내 손에 채워지겠구나 생각했을 때 정말 눈앞이 캄캄했었지.

"불행 중 다행이네요. 별다른 이상이 없으니." 하고 활짝 웃던 한독병원 간호사의 가지런한 치아가 생각난다. 순진하게도 꼬마를 앞세우고 연산경찰서 교통과의 문을 두드렸지. "2공구 앞에서 교통사고를 냈습니다. 한독병원에서 X-레이

촬영까지 했는데 아무 이상이 없었습니다. 병원에서 데려가
라 하던데요, 경장님!" 나는 비굴하게도 '님' 자를 길게 늘였
었지.

"가족을 데리고 오시오."

그 '님 자'는 무척 위압적이었어.

"가족을 데리고 올 수가 없는데요. 경장님!"

"왜?"

'님 자'는 반말로 나의 아래위를 째려보았어.

"녀석이 바보인지 말도 못 하고 아무것도 모르니 어떡합
니까. 병원에서 아가씨가 자폐증인가 뭔가 하던데요, 경장
님!"

"글씨도 못 쓰고!"

'님 자'는 또 반말이었어.

"예."

"그렇지만 보호자가 없으면 사건처리를 할 수 없어."

여관에 재우든지 집에 가서 안고 자든지 하라던 그 경장
님의 매정하던 음성. 송도 윗길에서 당한 사건은 그래도 즐
거웠어. 불과 10분도 공구지 않아 바로 앞좌석에, 그것도

첫 손님으로 예쁜 아가씨가 타주어 묘한 기분이었지.

"어디 가세요?"

나이에 걸맞지 않게 내 목소리는 약간 떨리기까지 했었지. 무릎 위로 30㎝ 넘게 보이는 하얀 살덩어리가 자꾸만 곁눈질하게 만들었어.

"아저씨, 담배 한 대 빌려주시겠어요?"

'대가리 피도 마르지 않는 것이.'

순간, 새빨간 루주를 바른 그녀의 머리에 알밤을 한 대 갈겨주고 싶은 생각에 불끈했었고, 룸미러에 비쳐 보였던 천태만상의 광경, 광경들… 지나고 보니 이젠 값진 추억이어라. 석의 눈에는 어느새 이슬이 맺혔다.

"90.913* 파면 취소 청구사건, 증인 이희도."

재판장의 카랑카랑한 목소리에 석은 얼핏, 긴 상념에서 깨어났다. 법관의 좌우측 4~5미터 앞으로 나란히 놓인 장의자에 변호사들이 앉아있었고 좌측 변호사석 바로 앞에 증인석이 있었다. 증인석 옆의 자리 방청석을 등에 업고 재판장의 정면에 피고 측 소송대리인인 송무 담당과 양 계장이 앉았고 두 사람쯤 앉을 수 있는 공간을 두고 그들과 같은 위치에 원고인, 석의 소송대리인 신현호 변호사님이 앉으셨다.

중인선서가 시작되었다. 보안과장은 오른쪽 손을 눈높이만큼 올려 손바닥을 정면으로 향한 채 선서문을 또렷하게 읽어나갔다.

"양심에 따라 사실 그대로를 말하고 만일 거짓말이 있을 때는 위증의 벌을 받기로 맹세합니다."

중인 심문은 송무 담당부터 시작되었다. 별로 떨어지지 않은 거리였지만 석에게는 잘 들리지 않았다. 송무 담당이 미리 준비해온 심문조서에 눈을 박고 몇 마디 중얼중얼하다 시선을 보안과장에게로 옮기면 그가 앵무새처럼 네, 아니요, 하는 소리만 반복했다.

석의 소송대리인인 신 변호사님의 중인 심문도 역시 마찬가지였다. 석은 좀 더 가까이 자리를 옮겼다. 들리지 않는 건 매일반이었다. 신 변호사님의 중인 심문도 끝나고, 재판장님의 손이 그의 앞에 놓인 스탠드 마이크를 끌어당겼다.

잠잠했던 석의 가슴이 다시 뛰기 시작했다. 얼굴이 화끈

거렸다. '부처님! 부처님' 석은 부처님을 부르며 무의식적으로 손을 모았다. 그의 아내 얼굴이 얼핏 떠올랐다. 모아 쥔 손을 가슴에 대고 조용히 눈을 감았다.

"증인은 당시 직책이 무엇이었나요?"

"보안과장이었습니다."

"증인은 교사 배동수 교도 허종성을 아는가?"

"네, 압니다. 당시 부하직원들이었습니다."

"증인은 199X년 X월 X일 총무처 소청심사 대기실에서 그들을 만난 일이 있었는가?"

"네, 있었습니다."

"그 자리에 원고도 있었는가?"

"네, 있었던 걸로 기억됩니다…"

재판장은 여기에서 심문을 중단하고 옆자리에 배석한 주심에게 앉은 자세로 몸을 가까이했다. 주심이 재판장 몸 가까이 상체만 옮겼다. 중간쯤의 공간에서 거의 몸이 닿았다. 재판장이 주심에게 무언가 귓속말을 했다. 석의 가슴은 더욱 두근거렸다. '침착! 침착!' 석은 입술을 깨물었다. 재판장이 주심에게 붙였던 상체를 이번에는 배심에게로 옮겼다.

배심도 조금 전 주심과 같은 자세를 취했다. 석은 귓속말이 너무 길다고 느껴졌다.

다시 재판장의 시선이 증인에게 돌아왔다. 건드린 것 같지 않았는데 마이크 허리 부분이 반쯤 구부러진 채 배심 쪽으로 멀찌감치 기울어져 있었다. 석은 귀를 곤두세웠다. 그러나 재판장의 말은 들리지 않았다. 다음 순간,

"그런 말을 한 사실이 없습니다. 절대."

보안과장의 또렷하고도 명쾌한 '절대' 소리가 석의 귓전을 세차게 때렸다. 어느 틈엔가 석의 두 주먹은 불끈 쥐어져 있었다. 충혈된 눈망울은 금방이라도 튀어나올 것 같았다. "기어코 위증을 한다, 위증을…!" 석은 정신없이 혼잣말로 중얼거리다 그 자리에 폭 고꾸라졌다.

영감님, 우리 영감님

"용도과장! 매각공고 준비는 했소?"

소장이 용도과장에게 술잔을 던지듯이 내밀며 씨부렁거렸다. 두 사람 건너 앉아 소장의 눈치를 살피던 보안계장이 잽싸게 달려와 엉거주춤하게 일어서다 말고 다시 앉는 용도과장의 술잔에다 정종 주전자의 뾰족한 부분을 거꾸로 담갔다.

"아직은…."

용도과장의 목소리가 모깃소리만 해졌다.

"뭐야?"

소장의 입술에 침이 튀었다. 소장의 눈꼬리가 더욱 찢어졌다. 서로서로 술잔을 건네며 술렁거리던 좌중이 일순, 물을 끼얹듯이 조용해졌다. 시선들이 용도과장 입으로 쏠렸다.

"시간이 촉박하지 않을 것 같아서…"

용도과장의 얼굴이 일그러졌다. 말투가 금방 더듬이가 되었다.

"시간이야. 시일이야?"

소장이 용도과장의 말꼬리를 물고 윽박질렀다.

"시일입니다…"

"시일이 어찌 되었단 말인가?"

"아직 남아있는 것 같아서…"

"남긴 뭐가 남아…?"

"…"

용도과장이 고개를 떨어뜨리며 입을 닫았다.

"내가 평소에 밥 먹듯이 그렇게나 강조했는데… 아직도 정신들을 못 차리고 있어. 지금이 어느 땐데. 더구나 간부라는 사람이…"

소장이 신경질적으로 내뱉으며 용도과장을 노려보았다. 용도과장은 고개를 떨어뜨린 채 생각에 잠겼다. 대관절 무슨 이유로 소장이 못 잡아먹어 앙탈을 부리는지 알 수가 없었다. 평소에도 간부회의 석상에서 가끔 소장의 눈초리가 유독 자신에게는 도끼눈이 되는 것을 감지 못한 바는 아니었지만 사석에서까지 이렇게 궁지에 몰아넣지는 않았었다. 고개를 숙이고 있어도 화살처럼 날아와 박히는 소장의 따가운 시선을 느낄 수 있었다. 고개를 들기만 하면 금방이라도 소장의 주먹이 날아올 것 같은 불안이 엄습했다.

석은 용도과장이 측은해 보였다. 용도과장이 연령으로 봐선 소장보다 서너 살 위인 것 같고 근무 경력 또한 많을 것 같은데 실력인지, 요령인지는 모르지만 뭔가가 부족하여 직장 내에서는 말할 것도 없고 이런 술좌석에서까지 호되게 당하는 것을 보고 있자니 결코 남의 일 같이 생각되질 않았다.

"소장님! 제 술 한 잔…"

보안계장이 얄팍한 웃음을 흘리며 소장 앞으로 쪼르르 건너왔다. 보안계장의 손에 들려있는 진로소주 병 속의 투명한 액체가 용기 속에서 가벼운 파문을 일으키고 있었다.

"내 주관은 그래요. 유비무환이란 말이 있듯이…"

소장이 여기에서 말을 끊고 용도과장에게 꽂혔던 시선을 거두어 좌중을 한 번 휘둘러보았다. 소장이 다시 말을 이었다.

"물론 여러분들도 이미 아시겠지만 미리미리 대비하는 마음 자세 즉, 다시 말해서 모든 업무를 처리하는 데는 충분한 시간적 여유가 있다고 생각하지 말고 당장 내일이, 아니 몇 시간 뒤에 바로 그 일을 시행할 것이라고 계획을 수립하고, 그 계획을 시행했을 때 빚어지는 결과를 예측함은 물론, 결과에 대한 문제점을 도출하고, 도출된 문제점에 대한 시정조치사항까지 미리 예견해야 한다… 이것입니다."

"네, 그렇습니다."

보안과장이 맞장구를 쳤다.

"용도과장! 내 말뜻을 알겠소?"

소장이 자기도 너무 심하게 대했다 싶었는지 이제는 많이 풀린 눈으로 용도과장에게 조금 친절을 보였다.

"예! 알겠습니다, 소장님. 내일 당장 착수하겠습니다. 소장님!"

용도과장의 얼굴에 비굴함이 더덕더덕 붙어 있었다. 순간 석은 용도과장의 상판대기를 꽉 밟아주고 싶은 생각이 울컥하고 치밀었다. 그때까지도 고개를 처박고 있던 용도과장도 곁에 앉은 김 주임과 무언가 귓속말을 주고받느라고 조금 전 소장에게 당했던 일을 까마득히 잊은 듯이 얼굴에 웃음기마저 돌았다.

"아주머니! 이리 들어와 보시오."

계리주임이 밖을 내다보다 지나가는 종업원 아주머니를 불러 세우더니 그녀의 손목을 끌어당겼다.

"저쪽 방 손님 심부름 좀 하고."

여자가 잡힌 손목을 뿌리치는 시늉을 하며 눈을 흘겼다. 웃음 띤 얼굴이다.

"그쪽 방엔 나중에 가고…."

계리주임도 지지 않고 여자의 손목을 더욱 세차게 끌어당겼다. 창문턱에 걸려 여자가 앞으로 넘어졌다. 헐렁한 치마 사이로 희멀건 종아리가 저 위에까지 드러났다. 시선들이 한꺼번에 거기에 쏠렸다. 석은 얼른 시선을 거두어 소장을 보았다. 이젠 술기운이 거나하게 돌았는지 소장의 자세가 많이 풀린 것 같았다.

"영감님께 술 한잔 권해드려요."

계리주임이 여자를 소장 곁으로 끌고 가서 용도과장을

흘낏 보며 소장의 비위를 맞추려는 수작을 건넸다. 용도과장이 앉은걸음으로 소장 곁에서 조금 물러나자 여자가 가운데 끼어들어 실눈이 되어 하얀 얼굴이 소장에게 매달렸다.

"영감니~임!"

"으응!"

소장의 입이 벌쭉거렸다.

"술 한잔 받아요."

"그러지."

"자~ 안주…"

여자가 동굴처럼 벌어진 소장의 입에다 소고기 한 점을 밀어 넣었다.

"자~ 박수!"

보안과장이 박수를 치며 여러 사람의 동조를 구했다.

"짝짝짝짝."

여기저기서 박수 소리가 맞장구를 쳤다. 소장의 벌어진 입이 더욱 찢어졌다. 석은 비위가 몹시 상했다. 방금 먹은 소고기 한 점이 거슬러 올라올 것 같은 역겨움이 목구멍까지 치달았다. 아직도 50살이 넘을까 말까 한 새파란 사람에게 영감님은? '영감님은 무슨 얼어 죽을 영감님가.' 눈만 벌어지면 직장에서 그렇게나 숨도 쉬지 못할 정도로 시달리고 그것도 모자라 사석에까지 아부를 해야만 먹고 사는가.

오늘 아침 김 주임이 석을 찾아와서 "오늘 저녁에 간부들이 소장님을 모시고 저녁 한 끼 하려는데 의향이 어떠시오." 하고 말을 꺼냈을 때부터 사실은 마음이 썩 내키지 않았었다. 지난번에도 이미 두 차례씩이나 치뤘는데 또 무슨 놈의 식사 대접이란 말인가…. 졸병의 월급 몇 푼으로 관사도 없이 객지에서 살아 갈려니 단돈 몇 푼도 아쉬운 형편인데 명절 때면 어김없이 울며 겨자 먹기로 펄렁거리는 녀석에게 공출을 강요당해왔고, 그렇다고 한번이라도 부하직원이 객지에서 박봉으로 관사도 없이 잠은 어디서 자는지, 밥은 굶지 않는지, 걱정 한번 입에 담은 적이 있는가…. 또 아부를 강요하고 있으니, 석은 생각할수록 울화가 치밀었다. 말을 꺼내는 김 주임의 주둥아리를 콱 쥐어박고 싶었다. "너나 많이 대접하고 아부빨 잘 받아 출세 많이 하거라." 하고 마구 윽박질러주고 싶었다.

"사실은 내가 먼저 말을 꺼낸 건 아니오. 누구라고는 말할 수 없지만 펄렁거리는 사람 덕분에 난들 어쩔 수 없소."

김 주임이 말꼬리를 사렸다. 자기 자신도 마음이 내키지 않지만 이미 어쩔 수 없다는 듯 석의 시선을 피했다.

"얼마면 되오?"

석은 억지로 부드러운 음성으로 물었다.

"기본이 다섯 장 정도 잡고 있지만 적어도 여남은 장은 각오해야 될 것 같아요. 2차까지 생각하고 있던데…."

"좋을 대로 합시다."

석은 마음에 없는 소리를 뇌까렸다. 어쩔 수 없는 것이다. 이달 들어 벌써 세 번째. 지난번 것까지 합한다면 이번 열 장까지, 도합 중간치로 2개는 깨진다. 조금 여유가 있는 사람이라면 그 정도는 정말 애들 용돈조차 못 미치는 적은 액수라 할 수 있지만 석에게는 거금이었다. 석의 한 달 생활비보다 더 많은 액수이다. 그렇다고 김 주임에게 그런 내색을 할 수도 또한 없었다. 만에 하나 그런 불평이 당사자인 어른의 귀에 들어간다면 앞으로 직장 생활하는 데 어떤 형태로든 득 될 것이 없다. 그건 석의 소심한 성격 때문만도 아니었다. 누구라도 졸병 생활을 지탱하려면 당연히 겪어야 할 '홍역'인 것이다.

"소장님? 이걸…."

김 주임이 소장의 뒤로 들어가서 조그맣게 소곤거렸다. 그의 손에 파란 지폐가 몇 장 들려있었다. 그 지폐는 이내 소장의 손으로 넘어갔고 소장은 여자가 불세라 얼른 호주머니에 감추었다. 호주머니에 들어갔던 소장의 손이 다시 나왔다. 이번에는 어느 누구의 눈치도 살피지 않았다. 파란 지폐 몇 장이 소장의 손에 들려 공중에서 낙엽처럼 흔들렸다.

"자~ 팁!"

소장의 금니가 번쩍하는 느낌을 받는 순간 '타악' 하고 손바닥 부딪치는 소리가 나자 여자의 손바닥으로 지폐가 옮겨갔다.

"고마워~ 영감니임!"

여자가 코맹맹이 소리를 했다. 조갯살 같은 빨간 입술이 소장 뺨 가까이 다가갔다. 소장의 뺨에 루주 자국이 금방 생겨났다.

"자! 박수!"

이번에는 용도과장이 끼어들었다. 조금 전 소장에게 당한 점수를 만회하려는 심보일까. 한 차례 요란한 박수 소리가 끝나자 모두들 일어났다. 이제 제1차는 끝난 것이다. 석은 어깨너머로 김 주임이 들고 있는 계산서를 훔쳐보았다. '식사 한 끼에 저만큼이나? 2차는 더 나올 텐데…!' 석은 덜컥 겁이 났다. 그렇다고 여기까지 따라와서 꽁무닐 뺄 수도 없고… 설령 2차까지 따라가지 않는다 해도 경비는 어차피 공동 부담일 테니. 어차피 내친걸음 끝까지 가 보자는 생각을 굳히자 야릇한 호기심까지 일어났다.

〈국빈관〉

2차로 정한 술집 간판에 그렇게 적혀있었다. 빨간 융단을 덮은 가파른 계단을 내려가서 역시 빨간 비닐 문을 밀치자 10여 평 남짓한 공간이 석의 눈에 들어왔다. 홀 가운데 탁자를 사이하고 양옆으로 두 줄 가지런히 고급스러운 의자가 놓여있고 탁자를 정면으로 서너 평 남짓한 무대가 바닥보다

한 단 높게 올라 앉아있었다. 무대는 텅 비어 약간 스산하 긴 했지만 천장에 거꾸로 매달린 갖가지 현란한 조명은 충 분히 석의 눈을 부시게 했다. 홀 가장자리에는 '난초', '수선 화', '장미' 등의 꽃 이름뿐인 밀실이 삼면으로 둘러 쌓여있었 다. 초저녁이라 그런지 실내에는 아무도 보이지 않았다.

"어디 갔지? 봉고보다 먼저 왔을 건데?"

신 주임이 홀 안을 두리번거리며 혼잣말처럼 중얼거렸다.

"모르겠어. 보안계장이 승용차를 같이 탔을 텐데…"

"출발할 때 이리로 가자고 얘길 했어?"

"얘기할 것도 없이 이 장소는 보안계장이 직접 정했는데…"

김 주임도 영문을 모르겠다는 듯 사방을 두리번거리며 고추 먹은 소리를 했다.

"여? 주인장~ 주인장?"

이 주임이 고함을 질렀다.

"네, 나가요"

가냘픈 여자 목소리가 들렸다. 화장실이라 쓰인 빨간 불빛 아래로부터 인기척이 나더니 여자 하나가 나타났다. 20대를 갓 넘긴 듯한 통통한 얼굴이 다가왔다.

"점잖은 손님 두 분 못 봤소?"

"두 분이라면 모르겠는데요."

"이 집에 손님이 우리 말고는 아무도 없단 말이오?"

이 주임이 버럭 역정을 부렸다.

"일행이 세 사람은 오셨어요."

"어디에 있소?"

"저기 뒷방에…."

여자가 뒤로 돌아서며 뒷면을 가리켰다. 홀 왼쪽 구석에 자리 잡은 밀실의 문틈 사이로 빨간 불빛이 실낱같이 새어 나오고 있었다.

"젠장? 저기 있는 모양이야. 졸병은 사람도 아닌가!!"

그때까지도 잠자코 있던 석의 옆구린 쿡 찌르며 자리에서 벌떡 일어났다.

"들어가도 괜찮을까…?"

밀실을 향해 호기 있게 걸어가던 신 주임이 자신 없는 투로 이 주임을 돌아보았다.

"졸병이 들어가면 되나, 높은 사람들만 저희들끼리 노는데…."

석이 조금 전 신 주임에게 당한 앙갚음을 하듯이 빈정거
렸다.

"그렇다면 졸병은 밖에서 놀까?"

"글쎄?"

이 주임도 얼른 판단이 서지지 않는다는 듯 뒷머리를 긁
적거렸다.

"오히려 우리끼리 밖에서 노는 것이 배짱 편할 거야. 눈치
볼 필요도 없고."

"밖엔 보드라운 짐승이 없잖아."

김 주임이 이 주임의 옆구릴 쿡 찌르며 이 주임의 말을 받
았다.

"안에 간대도 우리 차지가 될 것 같아? 박수만 실컷 쳐야
할 건데… 안 그래, 신 주임?"

이 주임이 박수 치는 흉내 내며 신 주임의 동의를 구했다.
밀실 밖에서 옥신각신하는 사이에 밀실의 문이 열렸다. 밖
에서 떠드는 소리에 안에서 기미를 알아챈 모양이었다. 두
어 평 남짓한 밀실에도 역시 기다란 탁자를 가운데로 하여
사방에 고급스러운 의자로 둘러 쌓여있었다. 바른편 탁자

한가운데 소장이 자리했고, 왼편으로 조금 떨어져서 보안계장, 소장과 마주 보고 보안과장이 앉아있었다. 보안과장과 소장 곁에는 여자 하나씩 바짝 붙어있었다. 문이 열리자 모든 시선들이 입구로 쏠렸다.

"뭘 하고 있어. 빨랑 들어오지 않고?"

"저희들은 방금 도착했는데요."

김 주임이 소장의 얼굴을 쳐다보며 거짓말을 했다. 도착한 지 벌써 30분이 넘었지만, 높은 사람들 노는 데 분위기를 깰 수 없어 밖에서 빌빌거리고 있었으면서도 상사의 기분을 그르칠까 봐 거침없이 거짓말을 뱉는 것이다. 석도 그런 방법으로 처신해야만 하는 김 주임의 심정을 이해할 수 있었다. 김 주임은 주임들 중에서 제일 고참이었고 곧 승진 차례가 된 것이다. 승진하려면 점수를 많이 따야 하고 그것은 순전히 소장 손아귀에 있는 것이다.

"장소가 비좁구만, 소장님 밖으로 나갈까요?"

보안계장이 소장의 눈치를 살피고는 밖을 향해 눈살을 찌푸렸다. 졸병들이 눈치도 없이 분위기를 흐리게 했다는 표정 같았다.

"그럴까!!"

소장이 반쯤 드러난 여자의 허벅지 속에 들어가 있던 손을 빼내며 역시 달갑지 않은 투로 받았다. 그때까지도 석의 일행 외에는 손님이 한 사람도 없어 바깥 홀도 역시 그들 차지가 되었다. 옮겨진 좌석 역시 밀실처럼 그대로였다. 탁자 한가운데 마주 보며 소장과 보안과장이 여자 하나씩 차지하고 양옆으로 졸병들이 호위하듯이 에워쌌다.

새로운 맥주병이 다시 날라져 왔고 음악이 좀 더 높아졌다. 석은 맨 구석 이 주임 곁에 자리를 잡았다. 몇 차례 술잔이 오고 가고, 시간이 어느 정도 흘러가자 화제가 엉뚱한 방향으로 흘러갔다. 어쩌면 이런 좌석에선 당연한 화제일지도 모른다. 보안과장이 깍듯한 어조로 소장 손에 술잔을 건네주자 소장 곁에 붙어있던 여자가 한 컵 넘치게 가득 따랐다.

"영감니임~!"

여기서도 또 빨간 입술이 코맹맹이 소리를 했다. 소장이 반쯤 마시다 말고 술잔을 놓으며 입을 열었다.

"무릇 남자란 모든 분야에 일류는 못 될망정 적어도…"

소장이 여기에서 말을 뚝 끊었다. 시선들이 소장에게로 쏠렸다. 허벅지에 들어가 있던 소장의 또 한 손을 여자가 꼬집은 걸까. 소장의 얼굴이 약간 찌푸려졌다. 다시 안색을 펴면서 말을 이었다.

"직장의 업무처리도 잘해야겠지만 술도 잘 먹어야 하고, 또 이런 것도…"

허벅지에 들어가 있던 소장의 오른손이 여자의 앞가슴으로 옮겨졌다. 맺힌 데라곤 없어 보이는 겉모습과는 달리 커다란 두 개의 살덩어리가 불쑥 불거져 나왔다. 빨간 불빛을 받아 분홍빛을 띠고 있었다. 당돌하게 돋아나온 불그레한 꼭지를 이쪽저쪽 쓰다듬던 소장의 손이 오른쪽 것을 다시 한번 탁탁 치고, 다시 말을 이었다.

"가끔가다 스트레스도 풀 줄 알아야 한단 말이야… 안 그래, 보안과장?"

"옳습니다. 박수!"

보안계장이 보안과장을 대신하여 비위를 맞추었다.

"짝 짝 짝…"

박수 소리가 오랫동안 계속되었다. 석은 박수를 치지 않왔다. 석은 벌떡 일어났다. 밖으로 뛰쳐나왔다. 누구에게 향한 것인지 알 수 없는 분노가 가슴을 세차게 때렸다. 석은 차라리 울고 싶었다. 번쩍거리는 네온 속으로 마구 달렸다. 어느 틈에 그의 눈에 눈물이 고였다. 눈물을 훔치며 중얼거렸다. 그 넋두리는 어느새 울음으로 변했다.

'머저리 같은 졸병 새끼들…'

그들은 칙사인가

(부산 XX대 사건 수용자)

"덜커덕!"

둔탁한 굉음과 함께 육중한 철문이 활짝 열렸다. 금테 모자를 번쩍거리며 소장이 정문으로 들어섰다. 은백색의 지휘관 휘장과 오색 실로 수놓은 알록달록한 약장이 그의 듬직한 체구와 멋진 조화를 이뤄 그의 위풍을 더욱 돋보이게 했다. 어미 닭을 쫓는 병아리처럼 각 과장들이 뒤를 졸졸 따랐다. 그 행렬은 뱀처럼 기다란 꼬리를 만들었다. 소장은 내심 기분이 좋았다. 자신이 가장 존경받는 이곳, 언제나 모든 사람들이 자신에게 굽실거렸다. 어느 누가 그렇게 하라고 시킨 것도 아니었다. 법이나 규정에 명시되어 있지도 않왔다. 그래도 그들은 그렇게 했다.

　아직도, 꼬리는 정문을 벗어나지 못했지만 소장의 발걸음은 이미 중문 가까이 다가갔다. 그때, 보안과 입구 문이 활짝 열리며 보안과장의 얼굴이 보였다. 중문 앞 4~5미터 전방에서부터 그의 발걸음이 뜀박질로 변했다. 서무과장을 제치고 용도과장을 따돌리며 소장 앞을 서너 걸음 지나서야 그의 발걸음이 멈춰 섰다.

　그의 오른쪽 다리가 약간 들렸다 싶더니 그의 발밑에서 풀썩 먼지가 일어났다. 동시에 그의 오른손이 모자챙에 잽싸게 떨어지며 "이상!" 하고 고함 소리가 주변을 쩌렁쩌렁 울렸다. 중문과 미결사입구 문이 활짝 열리고 발걸음이 좀 더 빨라졌다. 그때, 미결사입구 문 뒤에서 파란 헝겊이 금방 사라지는 것이 보안과장의 눈에 얼핏 들어왔다. 담당 근무자가 임의로 내놓은 문번일 것이다. 소장님이 보셨으면 어떡하나… 또 간부회의 석상에서 한 방 먹을지도 모른다. 그렇게나 밥 먹듯이 교육을 지시했는데도, 아직도….

　보안과장은 짧은 순간 많은 생각을 했다. 그 생각들은 온통 나쁜 방향으로만 이어져갔다. 보안과장은 무의식적으로 뒤에 따르던 보안계장에게 고개를 돌렸다. 보안계장은 보안과장의 시선을 받자 반사적으로 당직 주임에게 고개가 돌아갔다. 당직 주임의 얼굴이 금방 흙빛으로 변했다. 당직 주임의 침울해진 시선이 맨 뒤에 따라오던 관구 교사의 벗겨진 대머리에 꽂혔다. 관구 교사는 얼른 시선을 피했다. 조금 전 순시 때 지적했었는데 그동안을 못 참아 또 꺼내 놓았을까…. 보안과 배치교사는 무엇을 하고 있는 걸까…. 정문에서는 틀림없이 인터폰 연락했을 텐데… 연락을 받고도 이 지경이라면… 생각하면 할수록 미결 담당 교사의 소행이 괘씸하여 울화통이 치밀었다.

'잔소릴 듣기만 해봐라. 곱절로 갚아줄 테니….'

관구 교사는 미결 담당 교사의 얼굴을 떠올리며 이를 앙다물었다. 보안과장의 예상은 적중하고 말았다. 미결사입구문을 한 발짝 들어놓다 말고 소장이 뒤로 홱 돌아섰다.

"보안과장!"

"넷!"

"아직도 임출이 근절되지 않았구만!"

소장의 입가에 냉소가 지나갔다.

"시정하겠습니다."

보안과장의 얼굴이 일그러졌다.

"임출이나 독보는 모든 교정 사고의 원인이고 시발점이야. 내가 누차 강조했는데도 아직도 정신들을 못 차리고 있으니…"

소장이 혀를 찼다.

"조사해 보겠습니다."

보안계장이 보안과장을 대신하여 매를 맞겠다는 듯 불쑥 내달았다.

"조사고 뭐고 할 것도 없어… 경위서를 받아 올려. 관구 교사까지 말이야…"

소장이 지휘봉으로 철 격자를 탁탁 치며 보안계장을 노려보았다. 용감하던 보안계장 고개가 푹 숙여졌다.

"각 방 차렷!"

미결 담당이 복도 앞에서 뛰어나와 악을 썼다. 웅성거리던 재소자들이 순간 기계처럼 움직였다. 두부모를 자른 듯 반듯하게 줄을 맞춰 앉았다. 하루에도 수십 번 그들은 그렇게 단 한마디의 구령에 일사불란하게 동작을 취했다. 간혹,

한두 사람이 뻗나가는 경우도 있긴 했다. 이제 갓 입소하여 재소 생활에 물들지 않은 초보자이거나 아니면 가슴 부위에 하트 문신을 훈장처럼 달고 있는 소위 '꽈배기'가 그들이었다. '초보자'는 금방 길들여지곤 해서 별반 문제점이 없었지만 '꽈배기'는 거의 '일정한 절차'를 거치기가 십상이었다. 전과자로서의 관록과 기존 조직과의 마찰이 그것이다. 마찰의 양상은 상호 폭행으로 발전되기 마련이었고 종래는 '꽈배기'도 또 총대를 멘 기존 조직의 일원도 '벌 방'에 다녀와야만 길들여지곤 했다.

소장의 발걸음이 일방 앞에서 멈춰졌다. 관구 교사가 어느 틈에 담당 근무자의 손에서 거실 열쇠를 받아들고 소장 앞에서 머뭇거렸다.

"준비된 방이 이 방인가?"

"예, 그렇습니다. 이 사동에는 이 방이고 저쪽 사동에도 또 한 개 비워두었습니다."

보안과장의 설명이 끝나기도 전에 거실문이 열렸다. 두어 평 남짓한 직사각형의 짧은 부분의 한쪽에 블록 두 장 정도의 높이로 화장실이 붙어 있고 두 장의 모포 위에 무늬가 새겨진 한 장의 이불이 반듯하게 정돈되어 있었다. 바닥은 새로 깔았는지 노란 하이펫트 장판 색깔이 무척 정결한 느낌을 주었다. 화장실 높이의 중간 어름에서부터 만들어진 창문에는 안으로 비닐이 쳐져서 외부로부터 차단막이 되었다.

철 격자 사이로 때마침 밝은 햇살이 스며들어와 구금시설이 아닌 흡사 어느 여염집 안방 같은 포근한 느낌을 들게 했다.

"도배는 했는가?"

직접 거실에 들어가서 화장실까지 살펴보고 나서 별로 지적할 것이 없어 불만이란 듯한 조금 부은 목소리로 소장이 보안과장을 흘겨보았다. 보안과장은 소장의 심중을 도무지 가늠할 수가 없었다. 불과 1시간 남짓 전에 소장으로부터 지시를 받고 매사를 제쳐 놓고 직원들을 닦달하여 이만큼이라도 준비했었는데… 짧은 시간에 수고했다든지 아니면 이 정도면 되겠어 할 줄 알았는데… 그렇다면 조금 전 임출 문제 때문에 뒤틀린 심사가 아직도 가라앉질 않은 걸까… 보안과장은 소장의 처사가 몹시 불만스러웠다. 불만을 목소리에 담지 않으려고 안간힘을 썼다.

"여기에는 도배한 지 얼마 되지 않았습니다. 저쪽에는 도배를 했습니다. 비품도 전부 새것만으로 준비했습니다."

보안과장은 빗자루며, 세면기, 쓰레받기, 주전자 등 한 가지씩 소장의 눈앞에 일일이 들어 보이며 기다랗게 설명을 늘어놓았다.

"그건 그렇고, 처우 계획은?"

"예, 별도로 자체 세부계획을 결재 올리겠습니다만, 시달된 본부의 지시공문에 의거 업무를 차질 없이 집행하겠습니다. 이미 간부 1명, 교사 2명으로 전담반을 편성하여 교육도 시켰습니다. 출정 접견 운동 목욕 등 모든 처우는 전담 요원으로 하여금 실시토록 했고, 특히 운동 시간은 적어도 1:1로 1일 1시간 이상의 충분한 시간을 했습니다. 장소는 시동이 달라서 별반 문제점이 없지만 그래도 시차제로 실시토록 아예 통모를 봉쇄하겠습니다."

"좋아, 계획도 좋고 교육도 좋지만 요는 어떻게 하면 그들로 하여금 말썽 없는 수용 생활로 유도할 수 있는가 하는 것이야. 다시 말하자면, 운용상의 처우 기법에 대하여 보다 세심한 연구와 노력이 필요할 것이라 생각되는데."

이젠 소장의 안색이 많이 풀렸다. '운용상의 처우 기법', '말썽 없는 재소 생활 유도' 보안과장은 소장의 의중에 대하여 이젠 감이 잡혔다. 그렇다, 소장으로서는 당연히 짚고 넘어 가야 할 문제점이다. 일반 수용 기백 명보다 시국 사범인 공안 관련 사범 한두 명을 다루는 것이 더욱 신경이 곤두서는 것이 사실이다.

지금까지의 경험으로 보아 백번 잘해주다 단 한 번만 틈을 보이면 반드시 물고 늘어지곤 했다. 걸핏하면 구호 제창을 했고 때론 '단식'의 방법으로 당국을 괴롭히기 일쑤였다. 방관할 수 없어 이를 제지하는 과정에서 부작용이 종종 꼬리를 물었다. 사안이 경미하여 내부적인 설득이나 조치에 의하여 해결되는 경우도 있긴 했지만, 간혹 어떤 경로를 통해 '민가협'이니 하는 바깥세상이 재야단체와 연계되거나 자칫 '매스컴'이라도 타는 경우에는 수습하기가 이만저만 어려운 것이 아니었다.

그건 비단 소장 혼자만의 생각이 아니었다. 보안과장도 보안계장도 같은 생각이었고 심지어 말단직원들조차 고개를 절레절레 흔들었다. 석은 그들이 단순히 '다루기 힘든 귀찮은 존재'의 범주를 넘어서 미운 존재로 생각되기까지 했다.

　우선 현실적으로 당하고 있는 직무성질상 그들을 보호하고 교화 개선해야 할 책무가 있고 그러기 위해서는 그들의 입장을 이해하고 그들 권익 보호에 앞장서야 할 것이라고 생각하여 면담을 통하여 또는 매스컴, 서적 등을 통한 시국관의 올바른 이해 등, 다각적 노력을 해보았지만 결론은 마찬가지였다. 그건 그가 오랫동안 몸담아온 직문의 성질상 그들의 입장을 이해하고 옹호해줄 수 없는 편협한 시각 때문일 수도 있다. 그보다 어쩌면 그들의 주장을 폭넓게 수용할 수 없는 직무상 숙명이라고나 할까….

　한번은 이런 일이 있었다. 석이 비번을 받고 오랜만에 책이라도 한 권 사볼 요령으로, 책방 앞에 서성거리고 있을 때 어깨를 건드리는 느낌에 석은 뒤를 돌아보았다. 기억을 더듬을 필요도 없이 박재명(가명)임을 금방 알 수 있었다. XX대학교 학생회 간부로 각종 시위를 수차례나 주도하였고, 소위 의식화가 철저히 된 운동권의 전형적인 인물로 석이 타소에 있을 때 꾀나 석을 괴롭혔던 녀석이었다.

화염병이나 던지고 각목이나 휘둘러 끌려온 일반 시위범들과 달리 입소 시부터 혐의사실을 무겁게 달고 들어왔다. 들어오자마자 녀석은 관록을 자랑이나 하듯이 구호제창, 단식 등 갖가지 방법으로 투쟁(?)을 일삼았고, 때로는 일반 재소자들의 불만까지 떠맡아 관을 괴롭혔다. 미결수로 3~4개월 만에 1심 판결에서 집행유예를 선고받고 출소하긴 했지만 마지막 순간까지 그의 언행은 특이하였었다.

　다른 사람들은 대개가 선고 직전 마지막으로 할 말이 없느냐고 물을라치면 고개를 들지 못한 채, 기어들어 가는 목소리로, "잘못했습니다. 면목 없습니다." 아니면 "할 말 없습니다." 하고 초주검이 되어 머리를 조아리기 십상이었지만 녀석은 그게 아니었다. 주눅이 들기는커녕, 오히려 고개를 빳빳이 세우고 불만이 가득 찬 목소리로 말했다.

　"판사님! 공안정권의 시녀님에게 이 한마디를 꼭 충고드리고 물러가겠습니다."

　그는 여기에서 말을 중단하고 심호흡을 하고 난 뒤 방청석을 향해 고개를 돌렸다. 여기저기서 박수 소리가 요란하게 터져 나왔다.

"물러가라!"

"물러가라!"

"물러가라…!"

누군가의 선창에 맞춰 모두들 합창을 했다. 벌겋게 충혈된 눈들은 금방이라도 튀어나올 것 같았고, 찢어지라 벌려진 입에서는 침이 튀었다. 불끈 모아 쥔 주먹들은 천장을 향해 삿대질을 해댔다. '도대체 이게 무슨 꼴이람.' 질서의 마지막 보루인 이 신성한 법정이 난장판이 되다니…. 아무리 작금의 사회 분위기가 민주화 물결로 출렁거리고 있다손 치더라도 엄연히 실정법에 저촉된 혐의자를 재판하는 성전에서까지 이 지경이라니…. 석은 그들의 행위를 도저히 이해할 수가 없었다. 이해는커녕, 자신이 만약 판사의 입장이라면 난동자 모두를 법정 모독 혐의로 입건하고 싶었다. 그것이 여의치 않다면 '감치 처분'이라도 내려 손상된 법의 존엄성을 세워보고 싶은 충동도 일어났다.

석은 판사를 올려다보았다. 판사는 그때까지도 줄곧 그 자세 그대로 방청석을 내려다보며 꼼짝 않고 앉아있었다. 동요하거나 감정의 치우침 없이, 그의 입가에는 미소 같은 것이 어려 있었다. 판사도 이성과 감성을 지닌 한낱 인간일 진대, 어떻게 저렇게 초연할 수가 있을까…. 석은 그것 또한 이해되지 않았다. 판사에 대한 연민의 정이 솟구쳤다. 방청석을 향해 욕설이라도 마구 퍼부었으면 속이 후련할 것 같았다.

제풀에 지쳤는지 발광들이 이윽고 진정되기 시작했다. 그제야 박재명이 자세를 고쳐 앉았다. 자신이 생각해도 너무했다 싶어서일까… 잠시 고개를 떨어뜨렸다. 이내 고개를 들어 판사에게 대들었다.

"존경하는 판사님? 저 포효하는 함성을 들으셨지요. 발광하는 모습을 보셨지요. 바로 민중의 소리 정의의 절규입니다. 늦었다고 생각할 때가 가장 빠르다는 옛말이 있습니다. 지금이라도 올바른 양심을 되찾아 정의의 소리에 귀 기울이십시오. 위정자들의 허울 좋은 구호에만 그친 '정의사회구현'을 이젠 몸소 실천하실 시기가 도래했습니다. 나와 같은 불행한 희생양이 배출되는 악순환이 이젠 종식되어야겠습니다. 판사님! 제발!"

처음에는 또렷했던 음성이 끝내 울음으로 변했다. 어깨까지 들썩이며 엉엉 소리 내어 울었다. 법정 분위기가 숙연해졌다.

　석은 잠시 동안 녀석에 대한 기억들을 떠올리다 그가 내민 손을 마지못해 잡았다.

　"시간 좀 내주시겠습니까, 바쁘지 않으시다면…?"

　그의 목소리가 옛날의 목소리가 아니었다. 제법 인정이 섞인 부드러운 음성이었다.

　"집에 가서 한숨 자둬야 하는 일밖엔…"

　석은 달갑지 않게 받았다. 사실이 그랬다. 박재명과 같은 소위, 운동권에 몸담았던 전력이 있는 사람들과 접촉한다는 것, 석이 처해진 신분으로서는 결코 달갑지만은 않았다. 혹시… 지금 이 순간에도 어디선가… 석은 주위를 한번 둘러보았다. 모두 바쁘게 오가는 행인들뿐이었다. 수상한 기미가 보이는 사람은 발견할 수 없었다.

　"걱정하지 말아요. 그런 점은…."

　박재명은 이미 석의 마음을 읽고 있다는 듯한 한마디를 덧붙였다.

"처음에는 체크를 당했지만… 지금은…"

박재명이 말끝을 얼버무리며 대답은 필요 없다는 듯 잡은 석의 손을 끌어당겼다.

'지하 다방'이라 적힌 빨간 네온이 깜박거리는 가파른 계단을 내려가 구석자리에 마주 앉았다.

"어때요… 근황은?"

박재명이 엽차 잔에 입을 담그다 말고 먼저 말을 꺼내었다.

"어떤 의미에서…?"

"지금도 그곳에 계신가요?"

박재명이 다시 물었다.

"얼마 전에 이곳으로 오게 되었지. 4년 만에…"

석은 짤막하게 대답하고 녀석의 눈동자를 들여다보았다.

"그때는 너무 괴롭혀 드린 것 같아 지금 생각해보니 죄송한 생각이 듭니다."

녀석이 손바닥을 비볐다.

"알긴, 아는구만. 아는 사람이 왜 그랬지?"

석이 따지듯이 박재명의 얼굴을 노려보았다. 박재명이 시선을 피하지 않고 석의 말을 받았다.

"그때에는 어쩔 수 없었습니다. 솔직히 말씀드리자면 지금 또 만약 들어가게 된다 해도 또 그럴 수밖에 없다고 생각하고는 있지만…"

박재명은 같은 말을 반복하면서 겸연쩍은 웃음을 흘렸다.

"논리에 정연한 자네답지 않게시리… 그런 논리가 어딨어?"

석이 주먹으로 탁자를 내려쳤다. 구석 자리에 앉아있던 종업원 아가씨가 달려왔다. 싸움하는 줄 알았는지 둘의 얼굴을 번갈아 쳐다보았다.

"제 말에 잘못된 점이 있나요?"

"있다마다…"

"어떤 점이…?"

박재명이 정색을 하며 석의 눈을 똑바로 바라보았다. 자기 말에는 모순이 없다는 듯 입술까지 깨물었다. 석이 호주머니에서 담배를 꺼냈다. 입에 물자 아가씨가 얼른 성냥을 그어댔다.

"미안한 줄 알면서 또 들어가게 된다면 전철을 밟겠다는 자네 말은 앞뒤가 맞지 않잖아?"

석의 목소리가 좀 더 높아졌다.

"그럴까요?"

박재명이 벙긋벙긋 웃었다. 석은 박재명의 표정을 보고 있자니 은근히 화가 났다. 여기까지 끌고 왔을 때는 분명히 할 말이 있을 텐데… 본론은 꺼내지 않고 노닥거리는 저의가 무언지… 석은 생각이 여기에 미치자 자리에서 벌떡 일어났다.

"나, 지금 자네와 한가하게끔, 농담 따먹기 할 시간이 없네, 나 먼저 실례하겠네."

석은 카운터에다 지폐를 던져주곤 입구 문을 밀쳤다. 박재명이 계단 입구에서 석의 옷자락을 잡았다.

"기분을 언짢게 해드렸다면 사과하리다."

"아직도 할 얘기가 남았어?"

"지난날 마저 하지 못한 이야기도 있고…."

박재명이 다시 자리에 앉으며 담뱃불을 붙였다.

"지난날 하던 이야기라니…?"

석은 알면서도 일부러 딴청을 부렸다. 지난 어느 날인가 박재명이 미결수로 수용되어 있던 곳에서 석이 근무하고 있었을 때 상담실에서 장시간 입씨름을 벌인 적 있었다. 논제는 주로 학생운동, 노동운동 등이 거의 화제를 이끌었고 석은 가급적 들어주는 입장으로 일관했다. 그러면서도 간혹, 박재명이 감정에 치우쳐 열변을 토할 때면 때론 농담으로, 때론 반박으로 김을 빼기도 했다.

석은 그때의 화제를 떠올렸다. 시위를 하다 숨진 학생, 노동운동을 하다가 목숨을 잃은 사람들에게 대한 얘기를 하다 입씨름이 발전되어 급기야 멱살을 잡고 주먹다짐까지 했었지. 석은 피식 웃음이 나왔다. 아니나 다를까, 석의 예상은 적중했다.

"어중이떠중이 머슴 놈들이 같은 서열에서 앉게 되어 지하에 계신 이준 열사께서 통곡하시겠다고 말씀하셨지요?"

박재명이 시비조로 말을 꺼냈다.

"기억력도 좋구만, 그런 적이 있었지."

"기업가는 정당한 노동의 대가를 지불했고, 착취란 언어도탄이라고도 하셨고?"

"물론!"

"계란으로 아무리 바위를 때려보았자 깨지는 건 계란뿐이라고?"

"그렇지 않은가?"

"불빛을 보고 날아드는 하루살이라고… 오히려 측은하다고 하셨고?"

"내 말이 틀렸나?"

박재명은 수사관이 심문하듯이 석을 몰아붙였다. 석은 기다렸다는 듯 잘도 응수해 나갔다. 박재명의 표정이 일그러졌다. 한동안 멀거니 석의 얼굴을 노려보다 담뱃불을 신경질적으로 비벼 끄며 자세를 고쳐 앉았다. 어떤 결연한 의지 같은 것이 번뜩였다.

"아직도 그런 생각에는 변함이 없나요?"

표정과는 달리 박재명의 목소리가 착 가라앉았다.

"그렇다네."

"철저하시군요."

"뭐가?"

"국가의 공복으로 말입니다."

"국가의 공복이 아니라 국민의 공복일세."

석은 오히려 빙그레 웃었다.

"정부의 시녀라고 하려다가 많이 봐 드려 표현을 바꾸었는데도 꼭 그렇게 나올 거요?"

박재명의 얼굴이 벌겋게 충혈되었다. 정말 화가 난 모양이다. 불끈 감아쥔 두 주먹으로부터 뽀드득 소리가 날 것 같았다.

"내게 무슨 대답을 듣고 싶어? 화만 내지 말고 차근차근 얘길 해보게 이 사람아…."

석은 박재명의 심중을 이해할 것 같았다. 자신이 생각해도 너무했다 싶어 약간 후회가 되었지만 내친김에 계속 밀어붙이기로 작정했다.

"정, 그러시다면 오늘 결판을 냅시다."

박재명이 고함을 쳤다. 손님들의 시선이 그에게로 쏠렸다.

"그래… 그러면 결판을 내보세."

석도 큰소리를 쳤다.

"무슨 얘기부터 할까요?"

박재명의 어조가 많이 누그러졌다.

"자네 마음대로 하게나…."

석은 던지듯이 내뱉었다.

"그럼 지난번에 한 가지도 결론을 보지 못했으니 처음부터 시작하겠습니다. '머슴과 열사'부터 시작하리라."

"…"

석은 잠자코 고개만 끄덕였다.

"지난번 그렇게 얘길 했는데도 이해를 못 하시니 오늘은 이해를 돕기 위하여 쉬운 말로만 설명하지요. 마치, 초등학생에게 얘길 하듯이…"

박재명은 약간 거만한 자세로 담배를 길게 들이마셨다간 석의 얼굴에다 뱉어냈다. '차라리 유치원생이라 불러라… 버르장머리 하고는….' 석은 되받아주고 싶지만 좀 더 두고 보기로 했다. 녀석은 석의 표정을 찬찬히 뜯어보았다. 왜, 반박하지 않느냐는 듯 야릇한 미소가 얼핏 스쳤다.

"그럼 먼저 근로자도 주인이 될 수 있다는 것을 설명드리겠습니다. 물론 기업의 물적 구성요소인 자본과 생산설비, 기술적 요소인 기업경영이 없다면 근로자 용역의 매개체인 생산활동이 이루어질 수 없고 생산활동이 없다면 근로자의 생계가 유지될 수 없다는 결론에 도달하게 되어, 생산활동은 근로자의 용역에 좌우되기보다는 기업가의 자본과 생산설비 경영에 의존할 수밖에 없으니…"

박재명은 말을 중단하고 숨을 가다듬었다. 석은 박재명이 무슨 말을 하려고 이렇게 빙빙 돌리는지 도무지 알 수 없었다. 박재명이 다시 말을 이었다.

"결국은 기업가가 주인이라고 할 수 있고 근로자는 고용인, 다시 말해서 노동만을 제공하고 임금이란 반대급부를 받게 되는 피사용자, 이를테면 머슴의 위치로밖엔 보아줄 수 없다고 반론을 제기했지요?"

"그렇게 어렵게는 얘길 하진 않았지만, 좌우간 그런 뜻으로 얘긴 했었지."

석은 짤막하게 대답했다.

박재명은 흡사 100미터를 전력으로 질주하고 난 뒤의 단거리 선수마냥 숨을 몰아쉬었다. 이 녀석이 지금까지 뱉어놓은 걸로 보아선 '자승자박'하는 방향으로 논리를 전개시킨 결과밖엔 더 있는가…. 이 보 전진을 위하여 일 보 후퇴하는 논법일까? 석은 박재명의 화술에 더욱 흥미가 동했다. 눈짓으로 계속하라는 시늉을 보냈다. 박재명은 단상에 오른 연사처럼 탁자 위의 물컵에 입술을 축인 다음 석의 의중을 간파했다는 듯 의미심장한 웃음을 흘리고 말했다.

"자승자박한다고 쾌재를 부르고 싶지요? 아직은 시기상조입니다. 바로 거기서 오류가 숨어있단 말입니다."

박재명은 마지막 말에 특히 힘을 주었다.

"…"

그냥 멀거니 쳐다보고 있는 석의 눈동자를 쏘아보던 박재명은 다시 계속했다.

"반박을 위한 반박은 하지 말아요. 내가 지금부터 몇 가지 간단한 질문을 드릴 테니 네, 아니요 하는 형식으로 간단히 대답만 해주시구려."

'녀석, 이젠 농담으로 얼버무릴 텐가…' 석은 녀석의 화술에 말려들지 않으려고 단단히 각오했지만 자신이 없어져 갔다. 그렇지만 물러설 수야 없지. 석도 입술을 깨물었다. 녀석이 보란 듯이 슬슬 시작했다.

"우리나라는 민주주의 국가지요?"

"그걸 질문이라고 하나?"

"민주주의 국가에는 계급이 없지요?"

"계급도 계급 나름이지만 신분상으로는 없다고 할 수 있지."

"머슴과 주인이란 일종의 계급이라 할 수 있지요?"

"그렇다고 볼 수 있지."

"그렇다면 머슴과 주인이란 개념이 발붙일 곳이 있나요?"

석은 여기에서 말문이 막혔다. 어쭙잖은 스무고개 말장난에 말려들어 처음부터 당하는구나 생각하니 석은 어이가 없었다. 석은 박재명이 논리가 사리에 맞지 않는다는 걸 단번에 느낄 수 있었고 그건 자신이 아닌 누구라도 같은 생각일 거라고 여겨졌지만, 명쾌한 답변이 도무지 떠오르지 않았다. 뜬구름을 잡는 듯한 막연한 상념들이 그의 뇌리를 온통 뒤죽박죽으로 헝클어 놓았다.

"반박을 위한 반박이라고 말하고 싶지요? 아니면 어불성설이라 하실 건가요?"

박재명은 의기양양했다. 석은 마음대로 갖고 노는 녀석의 언동에 비위가 몹시 상했다. 생각 같아서는 당장이라도 자리를 박차고 일어났으면 싶었지만 그럴 수도 없었다.

"그렇다고 너무 움츠러들 것까지는 없어요. 방금 해본 소리는 농담이고…"

박재명은 석을 위로하듯이 어깨를 다독거려주었다.

"…"

"조금 전, 근로자의 생산활동은 기업가의 손에 달려있다고 했지만, 사실은 기업활동이나 생산활동은 근로자의 손에 달려있다고 할 수 있습니다. 물론 시각에 따라 차이는 있을 수 있지만, 자본과 설비가 있어도 근로자의 노동력이 없다면 생산활동을 이뤄질 수 있을까요?

지난번에는 자본만 있다면 '로봇'을 이용해서, 다시 말해서 생산공정의 자동화로 근로자의 용역에 대신할 수 있다고 역설적인 논리를 제기하셨지만, 그렇게 생각해놓고 보더라도 '로봇'을 생산하는 과정조차도 결국은 근로자의 힘을 비는 것 아니고 무엇입니까. 그보다 더욱 알기 쉬운 예를 하나 들까요? '우리사주기업'이 날로 그 수를 더해가고 있다는 사실. 이것 하나만 보더라도 이를 증명할 수 있지 않을까요. 그래도, 근로자의 위치를 머슴 운운하시겠습니까?"

박재명은 의기양양하게 석에게 대들었다. 더 이상 할 말이 없겠지 하는 표정이었다. 그러나 석으로서는 비록 박재명의 논리가 틀리지 않는다고 해도 쉬이 동감할 수만은 없는 입장이었다. 그건 지금까지 근로자의 파업행위, 노동운동 등을 부정적인 시각에서 보아온 그의 자존심이 이를 쉽게 수용할 수 없었기 때문이기도 했다. 그래도 현시점에 긍정이던 부정이던 응답은 해줘야 이 위기를 모면할 수 있으리라는 강박관념이 석의 머리를 더욱 어지럽게 했다. 어느 순간 석은 고개를 번쩍 들었다. 박재명의 얼굴을 뚫어지라 노려보며, 뜻밖에 목소리는 차분하게 입을 열었다.

"자네 말도 그런 방향에서 논리를 전개시킨다면 틀렸다고 할 수 없긴 해. 허지만 합리적일 수 없는 것 같아. 왜냐면, 자네 이론은 평면적 시각에서만 성립될 수도 있어. 이를테면 장님들이 코끼리를 만져보고 코끼리 형상을 제각기 다르게 표현하는 것과 같다고나 할까… 아니면 닭이 먼저냐, 계란이 먼저냐 하는 논리라고나 할까. 좌우간 보는 관점에 따라 얼마든지 다른 해석이 나올 수 있으니까. 이 논제는 아무리 싸움을 해도 해답을 찾을 수 없을 것 같아… 그래서 말인데 내가 한발 양보키로 해서, 근로자도 주인의 지위에 올려주겠네. 그 대신 열사 문제에 대해선 난 결코 양보할 만큼 도량이 넓지 못하네."

석은 얼른 화제를 바꾸었다. 박재명도 석의 말에 더 이상

이론을 제기하지 않았지만 열사 문제에 대하여는 강한 반발을 보였다. 석은 박재명의 표정을 무시한 채 계속 얘기를 이어갔다.

"지난번 자네 얘길 듣고 보다 정확히 알려고 국어사전을 들춰보았지. 열사란 '나라를 위하여 충성을 다하고 절의를 굳게 지켜 싸운 사람'이라고 적혀 있더구만. 그러니, 임금인상 또는 근로조건 개선을 위하여 목숨을 잃은 그들을 나라를 위하여 목숨을 바친 이준 열사 같은 거룩한 성현들과 같은 서열에 올려놓을 수 있느냐? 하는 질문에는 선뜻, 그럴 수 있다고 자신 있게 대답할 수 있는 사람이 과연 얼마나 될까….

허긴 넓은 시각으로 본다면 임금 인상이나 근로조건 개선을 위한 주검도 결코 나라를 위한 것이 아니라고는 할 수 없긴 하지만, 보다 중요한 것은 그들의 주검이 몰고 온 여파가 국가에 끼친 영향을 생각해 볼 때 열사는커녕, 오히려 분통이 터질 지경이야. '작금의 시국현안, 경제동향' 나보다 자네가 더 잘 알고 있을 테지만 내 입으로 주워섬겨볼까… 눈만 뜨면 보이는 게 뭔가? 태업 파업근로자의 발광하는 모습, 최루탄 가스. 들리는 건 또 무언가… 근로자의 아우성 소리… 소리들…. 감수성이 예민한 우리의 2세들이 행여 본받을까 소름이 끼칠 지경이야. 그게 어디 노동운동인가… 아귀다툼이지. 그래놓고도 발걸음을 돌리는 외국 '바이어'들의 힘만 원망할 건가… 그로 인하여 얼마나 많은 기업이 도산했는가… 국가경제를 파탄으로 몰아넣는 장본인이 무슨 얼어 죽을 열사인가… 열사는? 빨갱이처럼 대가리엔 왜 붉은 헝겊을 처매고 주먹은 무엇 때문에 하늘을 향해 삿대질이야… 고함치는 주둥아리에 오물이라도 한 바가지 처넣어 버리고 싶은 충동이 일어날 때가 실로 한두 번이 아니었어."

석의 입술에서 침이 튀었다.

"쉿! 목숨이 몇 개 있어요?"

박재명이 주위를 둘러보며 석의 입을 막았다.

"목숨을 왜?"

"열 개라도 모자라겠수다."

"공갈치는 거야?"

석은 고함을 질렀다.

"공갈이 아니고 충고요. 이 자리엔 들은 사람이 없어 다행이지만 다른 곳에서 그런 얘길 꺼냈다간 맞아 죽기 십상이오. 조심하셔야겠소."

박재명은 정말 걱정된다는 듯 나직하게 말했다.

"맞아 죽어?"

"그럼 맞아 죽지 않고…."

"어째서?"

석은 이를 앙다물었다.

"성스럽게 산화하신 산업전사 분들에게 그게 무슨 망발이요. 더구나 공직자란 사람이…."

박재명은 정말 기가 찬다는 듯 벌린 입을 다물지 못했다. 석으로서도 박재명의 심중을 이해 못 하는 바는 아니었다. 잘은 모르지만, 극히 적은 숫자의 가진 자가 쓸만한 전 국토의 대부분을 점유하고 있다는 어느 기관의 통계… 그로 인하여 부의 편중에서 빚어지는 가진 자와 못 가진 자의 갈등, 대화보다는 우선 손쉬운 방법을 택하다 보니 어쩔 수 없이 빚어지는 노동운동의 과격양상들, 하지만 석은 기왕 밀어붙이는 김에 더 철저히 공략하고 싶은 생각이 지배적이었다.

그것은 어쩌면 만용이 아닐까… 하는 기우도 없진 않았다.

"자네의 의중을 내가 대신해 보련?"

이번에는 석이 빙긋이 웃었다.

"…"

"사자의 명예훼손죄로 고발이라도 할 텐가?"

"…"

여전히 박재명은 입을 다물고 있었다.

"허긴, 나도 그들의 입장을 전혀 이해 못 하는 숙맥은 아니야…. 자기의 생계를 위해서든, 근로자 전체를 위해서든 나아가 자네 주장처럼 나라를 위해서였든, 단 하나뿐인 생명까지 담보해 가면서 투쟁하지 않을 수 없었던 그들의 정신은 가상하다고 할 수 있긴 해. 그렇지만, 그 방법이, 그 결과가, 도대체 뭔가? 시국을 혼돈의 와중으로 몰아넣었고, 국가 경제를 파탄으로 끌고 갔다는 거야. 아무리 정부시책에 대하여는 부정적인 시각만을 고집하는 자네지만, 이러한 엄연한 사실만은 설마 부인하지는 않겠지. 설령, 자네 생각처럼 내가 조금 전의 발언으로 인하여 명예훼손죄로 고발을 당하던, 칼부림을 당한다 해도 내 신념에는 변함이 없다네. 백 보 양보하여 분사나 애사라 부른다면 몰라도…."

"분사, 애사?"

박재명은 석의 말을 되뇌며 고개를 모로 흔들었다.

"난 원래 무식해서 우리말 사전에 그런 단어가 있는지 없는지조차도 모르지만, 좌우간 그 정도로 불러 준다 해도 결코 욕되지 않을 거라는 생각일세."

석은 가슴이 후련했다. 박재명이 석의 주장에 동조를 해주건 반박을 하건 그 점을 생각하고 싶지 않았다. 누구에게 꼭 한번쯤은 쏟아놓고 싶었지만 털어놓을 대상이 없어 가슴 깊이 묻어두었던 응어리가 조금이나마 풀렸다는 것만을 생각하고 싶었다.

"어쩔 수 없군요. 꼭 그렇게 생각하시겠다면 저도 더 이상 할 말은 없습니다. 민주주의 국가가 아니라도 개인이 가진 생각이나 사상 신념 같은 정신적 요소는 설령 그것이 국가시책에 위배되는 것일지라도 외부에 발표되는 등의 일련의 저촉행위가 있기 전에는 내적 요소 그 자체만으로는 통제당하지 않는 법이니까… '분사'던 '애사'던 좋을 대로 생각하시고 대신 한 가지 부탁이 있습니다."

이젠 박재명의 기세도 많이 누그러졌다.

"얘길 해보게…"

"다시 한번 부탁하지만 제발 다른 곳에 가서는 그런 소릴랑 아예 입 밖에 내질 마시오. 목숨이 아깝거든."

박재명이 마지막 말을 할 때는 이빨까지 깨물었다. 분위기가 갑자기 냉기가 돌았다. 듣고 보니 석으로서는 마음 한 구석으로부터 어떤 불안감 같은 것이 솟구쳤다. 주위를 둘러보았다. 다행히도 가까운 자리에는 40대 중반으로 보이는 차림새가 너절한 사내가 종업원 아가씨와 노닥거리고 있었다. 석은 애써 불안감을 떨쳐버리듯 커다랗게 기지개를 켜보았다. 석이 먼저 화제를 돌렸다.

"열사는 그쯤 해 두고 이번에는 '착취'에 대하여 마무리해 보세."

"어디까지 얘기가 진행되었나요?"

"가령, 30원짜리 상품이 있다면 그 상품 가격 30원에 대한 가격 구성요소에 대하여 얘길 하다 말았지."

"그렇군요. 30원 중에 기업주의 자본금, 다시 말해서, 상품을 생산할 수 있는 재료비가 10원 그리고 상품을 계속해서 생산하려면 시설의 파손, 설비의 마모 등을 생각하지 않을 수 없으니, 이는 일정 비율의 적립금을 빼놓을 수 없으니 감가상각비 또한 알기 쉽게 10원, 마지막으로 근로자의 임금 10원이라고 내가 얘기했었지요?"

"그랬었지."

"그랬더니 기업가의 이윤은 어디 갔느냐고 펄쩍 뛰었지요?"

"그런 것 같아…."

"기업가는 이윤 없는 기업을 경영하게 되고, 이윤 없는 기업운영은 생각해볼 필요조차 없다고 윽박질렀지요?"

"그렇지 않은가? 자네 말대로라면 현재 우리나라 기업들이 상품가격에 이윤을 포함시키지 않는다고 분명히 말하지 않았나?"

"물론 그랬지요."

박재명이 자신 있게 대답했다. '아무리 논리가 빈틈없는 녀석이라 해도 이젠 정말 빠져나갈 구멍이 없겠지….' 석은 어깨가 으쓱해졌다. 그러나 다음 순간 석은 자기 눈을 의심했다. 궁지에 몰리기는커녕 박재명은 이미 석이 그렇게

나올 줄 알았다는 듯 그 대답도 준비해 두었다는 듯 호기를 부렸다.

"키포인트가 바로 거기 있단 말이오."

박재명이 버럭 소리를 질렀다.

"키포인트!"

석은 점점 녀석의 화술에 빨려 들어가는 자신을 생각할 때 울화가 치밀었다. 박재명이 석의 앞으로 바짝 다가들었다.

"그래요. 분명히 나도 기업백서인지 무언지 정확한 문서 이름은 모르지만 그런 종류의 문서가 발표된다는 것과 그 문서에는 상품가격 구성요소에는 이윤이 포함되어 있지 않다는 것만은 확실해요. 그래도 우리나라 유수의 기업들이 하나같이 발전하는 걸 보면. 결론은 두말할 필요도 없이 근로자의 임금밖에 손댈 것이 또 있나요. 내 말이 어려우면 풀어서 설명을 해드릴까요?"

박재명이 입술에 거품이 보였다.

"묶든지 풀든지 자네 마음대로 하게나."

석은 농담으로 받았다. 박재명이 입에 문 거품을 훔치면서 말을 이었다.

"10원이란 자본금을 투입한, 다시 말해서 이미 투입된 재료비엔 이윤을 남길 수 없지요?"

"그렇지…."

석은 마지못해 고개를 끄덕였다.

"또 설비에 대한 감가상각비를 적립해야 한다는 데도 의의가 없지요?"

"그렇다마다."

"감가상각비에 이윤이 발붙일 틈이 있나요?"

"그야 말도 안 되지."

석은 정말이지 괴로웠지만 긍정하지 않을 수 없었다.

"그렇다면, 결론은?"

박재명은 희색이 만면했다. 석은 더 이상 할 말이 없었다. 구태여 지푸라기라도 잡을 것이 있다면, 기업이 공개한다는 '백서'인가 뭔가가 잘못 발표되고 있다는 것뿐이다. 녀석의 말처럼 10원 전액이 임금이 아니고 적정한 임금인 8원이나 9원을 공제한 1원 또는 2원 이윤으로 발표되었을 것이라고… 그렇게 생각해놓고 보아도 자신 없기는 매일반이었다.

"자네가 뭔가 잘못 알고 있는 것 아닐까… 예를 들면 재료비와 감가상각비를 공제한 잔액 중에 임금과 이윤을 묶어서 발표했을 것이라고 생각되는데…."

석은 제발 그랬으면 싶었다.

"미안하지만 그렇지 못한 걸 어이하겠소."

박재명은 오히려 한숨을 쉬었다. 이럴 줄 알았다면 기업 경영이라든가 경제동향에 관한 서적이라도 틈틈이 보아둘 것을… 석은 때늦은 후회에 가슴이 저렸다.

"나는 거기에 대한 지식이 없어 할 말은 없네만 기회가 닿는다면 그 자료를 한번 볼 수 있었으면 좋겠지만… 현재로서는 자네 주장에 반박할 수가 없네."

석은 궁색한 변명을 늘어놓았다. 지금까지 녀석과 몇 시간 동안 입씨름을 벌였지만 석이 얻은 것은 아무것도 없었다. 처음, 근로자를 '머슴'이란 주장도, 열사를 분사나 애사로 격하시키는 논제도, 어느 것 하나 관철시키지 못했고, 종래에는 박재명의 '착취이론'에 눈물을 머금고 동조하지 않았던가. 석은 패배감에 사로잡혀 고개까지 들지 못했다. 아가씨가 석에게로 다가왔다. 청하지도 않았지만 헤픈 웃음을 흘렸다. 까만 동공을 가린 속눈썹이 블라우스 옷섶 사이로 고개를 내민 살덩어리와 함께 석의 눈을 어지럽혔다.

"두 분이 무슨 얘기길래 그렇게 자지러지나요… 자릿값도 않고선?"

빨간 입술이 석의 눈앞에서 나불거렸다. 흡사 금방 잡아 올린 조갯살 같다고 석은 생각했다.

"제일 비싼 걸로 가져와요…"

석은 파란 지폐 1장을 아가씨 눈앞에 두어 번 흔들어 보이다가 그녀의 가슴에 찔러 넣었다.

"짓궂기도 하셔?"

"나머진 팁이야."

석은 큰소리를 쳤다. 박재명이 시계를 들여다보았다. 시곗바늘이 1개만 보였다. 벌써 12시란 말인가… 석은 일어나야겠다고 생각했다. 차만 마시면 일어나야지… 석은 눈을 감았다. 피곤이 엄습했다. 똑딱거리던 시계 소리가 점점 멀어져갔다.

"…"

어느 순간, 무엇이 부딪치는 심한 요동을 석은 느꼈다. 눈앞에 박재명의 커다란 얼굴이 다가와 있었다.

"지난번 '칙사'니 뭐니 하셨지요?"

박재명이 머리를 쓸어 올리며 새로운 화제를 꺼냈다.

"응. 그런 적이 있지. 뭐가 잘못되었나?"

석은 심드렁하게 받았다.

"사실 그렇기는 해요. 저희들이 그곳에서 특별대우를 받고 있다는 걸 부인하고 싶진 않아요. 그걸 생각하면 한편 송구스럽기도 하구요."

박재명은 말끝을 사리며 두 손을 비볐다.

"송구함을 아는 사람이 왜 그랬지?"

"그럼 어떡할까요. 머리라도 조아려야겠어요?"

박재명이 기분 나쁘게 또 빙글빙글 웃었다.

"그걸 아는 사람이라면 배은망덕한 짓은 말았어야지."

"배은망덕?"

박재명이 도끼눈이 되었다.

"그래, 배은망덕!"

석은 좀 더 큰소리로 뇌까렸다.

"말이 나왔으니 말이지만 특별처우 해주고 싶어 해주는 건가요?"

"그럼, 그렇지 않고…?"

"제가 대신 말하리까, 그 이유를?"

"말해 보게나."

"물론 여러 가지가 있겠지만 우선 생각할 수 있는 것이, 일반수들과 격리함으로써 사상 내지 의식의 전파를 방지할 수 있고, 그쪽에서는 악풍의 감염이라 하지만, 좌우간 그런 이유가 주목적일 테고, 부수적으로는 일반수들에 대한 처우의 불만을 대변하는, 이것도 표현을 바꿀까요? 속된 말로 표현하자면 사사건건 물고 늘어질 소지가 있고, 격리함으로써 소외감에서 엄정한 형벌효과를 기대할 수 있고… 제가 잘못 보았는가요?"

"그건 자네 마음대로 생각해도 좋아. 말단 실무자인 나로서는 처우지침을 입안하신 높은 어른들의 깊은 뜻을 헤아릴 수가 없어. 내가 말하고 싶은 것은 자네들의 사고방식이 틀려먹었다는 거야. 왜 매사를 긍정적으로 받아들이지 않고 부정적인 시각으로만 보려고 하지… 그런 못된 사고방식이 바로 배은망덕의 전형이야."

"못된 사고방식. 배은망덕."

박재명은 석을 똑바로 쏘아보았다. 주먹을 불끈 쥐고 씩씩거렸다. 석은 조금도 지고 싶지 않았다. 오히려 선제공격으로 녀석의 상판을 날려버리고 싶었다. 석의 목소리엔 어느새 독기가 묻어나왔다.

"고마움을 원수로 갚은 녀석들이 배은망덕이지 뭔가… 부식이 적네. 목욕물이 뜨겁네, 걸핏하면 소장을 불러 달라… 소장이 너희들 친군가? 법이나 규정을 그렇게나 좋아하는 녀석들이 왜 그것들을 지키지 못해… 정당한 조치를 한다 해도 가혹행위라니 발악하거나 소란을 피우면 당연히 묶어야지 묶지 않으면 직무유기지. 자네도 아마 알고 있을 테지만, 근자에 매스컴에서 떠들어대던 사건 말이야. 그 애들이 어떤 애들이야. 생때같은 생명들을 죽여 놓고도 눈 하나 깜짝하는 애들인가… 그런 무서운 애들인데 고분고분하는데 묶었겠나. 그런데도 매스컴에서는 사회 목탁으로서 본연의 의무는 저버리고 어느 한쪽만의 대변자인 양 나발을 불어 대고 있으니 정말 억울하고 분해서…"

석은 더 이상 말끝을 잇지 못했다. 가슴 저 밑바닥으로부터 새삼 울분이 끓어올랐다. 한바탕 소란이라도 피웠으면 후련할 것 같았다. 석은 담배에 불을 댕겼다. 가슴 깊숙이 연기를 들이켰다가 한숨과 함께 뿜어내었다. 응어리진 울분도 함께 토해내고 싶었다. 흡사 토막토막 끊어진 필름처럼 갖가지 영상들이 석의 망막 속으로 파고들었다.

빨간 머리띠.

각목, 화염병.

최루탄 가스.

찢어지라 벌려진 입, 입, 입.

그들은 정녕 칙사인가!

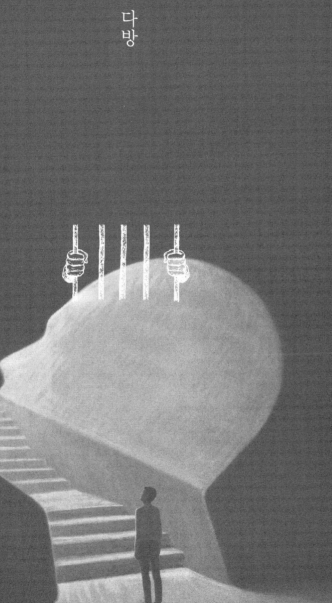

다
방

'다방(茶房)'이란 말뜻을 살펴보면 우리 한글 사전에는 다(茶)를 마시는 곳, 또는 '시식이나 다도를 즐기는 장소'로 되어있다. '시식'이란 음식을 처음 만들거나 새로운 음식을 장만하였을 때 귀한 손님에게 음식을 먼저 맛보게 하여 음식솜씨를 평가해 달라는 의미가 포함되어있는 말이기도 하다.

그리고 다도란, 말 그대로 다(茶)의 도(道)란 의미이다. 다(茶)를 마시는 것을 도(道)로 생각한 우리 조상들의 고상한 마음이 함축되어있음을 피부로 느낄 수 있다. 다(茶)를 마시는 것으로 표현하지 않고 즐기는 것으로 보는 것도 이 때문이다.

구한말 러시아 공사 '베베르'의 추천으로 당시 고종 황제의 개인비서가 되었던 이방인인 '손탁'에 의하여 커피가 보급되었다는 기록이 있다. 물론, 궁중에서 왕의 총애를 받던 손탁의 정성스러움은 과히 도(道)를 통할만큼 극진했음은 두말할 나위도 없는 것이다.

　이런 점으로 미루어보면, 다(茶)를 즐기는 장소였던 '다방'과 오늘날 '다방'은 정말이지, 격세지감을 느끼게 한다. 그렇다고 다방에서 그녀들에게 '손탁'이 되어주길 바라는 것은 지나친 욕심이다. 오늘날 손님은 고종 황제가 아니다. 하지만 손탁의 정성이 그녀들에게 조금은 이어졌으면 하는 바람이 남는다면 그건 나의 어리석은 마음일까…

　오늘날 '손탁'은 때로는 '테스'가 되기도 하고 때로는 '야누스'가 되기도 한다. 제법 얼굴이라도 반반히 갖추었다면 불빛을 보고 날아드는 하루살이처럼 골빈 녀석들이 몰려들곤 한다. 그럴라치면 그녀들은 그 속에도 용케도 저울질해가며 임기응변으로 잘도 요리한다. 전통의 도(道)가 아니라 새로운 형태의 도(道)가 발휘하는 것이다. 적당히 구슬리고 적당히 우려내는 것이다. 그 올가미는 어떤 때는 오히려 도로 휘말리는 경우도 있다. '뛰는 놈' 위에 '나는 놈'이 있는 것이다.

J양이 그 케이스다. 그녀는 올해 31세, 다방 생활로 잔뼈가 굵었다고 할 만큼 7년째나 접어들었지만 모은 돈은커녕 빚만 짊어지고 있는 형편이다. 좀 더 젊었을 때 결혼하여 애가 둘이나 있고 본 남편이 있는데 어쩌다 바람기가 있어선지 아니면 경제적 여건 때문이었는지 이런 곳에 뛰어들게 되어 그동안 놈팡이 몇을 거치는 동안 피만 빨려 아무것도 없는 것이다. 이제는 한물간 몸뚱아리를 끌고 다시 남편과 애들 곁으로 갈 수도 없고 그렇다고 어느 곳에서 선뜻 받아주지도 않고 종래는 '오봉순'의 자격조차 박탈당한 채 주방에서 2진으로 뛰는 처량한 신세라 했다.

Y양은 그래도 조금은 동정이 가는 경우라 할 수 있다. 그녀 나이 올해 25세, 학력은 전문학교 졸업. 조그만 체구에 어울리지 않게, 유난히 큰 가슴을 무슨, 훈장처럼 달고 있는 녀석이다. 그것을 무기(?)로 하여 주위에 골빈 녀석들 몇 놈을 상대로 곡예를 하듯 적당히 구슬린 덕분에 그래도 약간은 재미를 보았다고 생각했는데 사실 그게 아니었다. 그

중 한 놈이 역시 '나는 놈'이었던 것이다. 그 '나는 놈' 손아귀에 걸려 그녀 역시 별 볼 일 없는 나락으로 떨어지고 말았다. 그녀의 수첩에는 이렇게 적혀있었다. '어둠이 어디까지 이어질 것인가… 그 어둠의 피안에 서서 울고 있는 한 소녀가 있다. 차라리 어둠 속에서 그 어둠을 살라먹고 사는 두억시니가 되련다. 어느 한 날까지라도…'

유달리 이목구비가 반듯한 E양. 그녀 나이 올해 24세, 학력은 고졸 정도. 그녀 친구들의 수준으로 보아 아마 그럴 것이다. 언뜻 보기에는 이제 갓 스물을 겨우 넘긴 듯한 앳된 얼굴이다. 그런데 생긴 모습과는 달리 그의 사생활을 엮어가고 있는 주위 여건은 여간 복잡한 것이 아니었다.

다섯 살 난 애기 엄마였고 그 아기의 아빠라는 녀석과는 이혼 소송 중이라 했다. 전경이었던 녀석과 눈이 맞아 동거를 시작했고 동거 4~5개월 만에 양가의 반대를 무릅쓰고 그래도 결혼식을 올렸다. 그것도 1년을 못 넘겨 그 녀석에게 의처증이 있다는 것을 알았을 때는 이미 그녀의 온몸에 그 녀석에게 폭행당한 상처가 구렁이가 기어가듯 수없는 혼적을 남겼다.

"이것 봐요. 여기뿐 아니라 자기의 이름을 새겨놓았어요."

어느 땐가 그녀는 한숨을 쉬며 푸념을 늘어놓았다. 계곡 오른쪽 구릉이로 비스듬히 XXX, 이름 석 자 옆에 하트 문신이 먹물로 그려져 있었다. '지독한 놈도 다 있구나….'

"그 녀석 병적이야!"

그 글씨를 읽어본 골빈 녀석들은 누구나가 제각기 한마디쯤은 했을 것이라….

그렇지만, 어느 누구도 내색은 하지 않았다. 그녀는 항상 명랑했고, 또 예쁜 얼굴이었으니까….

K양. 그녀는 올해로 21세, 대학 2년 재학 중 휴학계를 내놓고 아르바이트로 나온 애라고 자기를 소개했었다. 입발림으로 여가선용이라고 했지만 그녀도 그 범주를 벗어나지 못하는 건 마찬가지였다. 처음에는 그녀도 반반한 몸매를 무기 삼아 조금은 제는 척했었지만 결국 골빈 어떤 유부남에게 걸려 몸을 망치고, 그래도 그 유부남이 일말의 양심이 있는 녀석이라 그녀를 그녀의 가정으로 돌려보내는 데 앞장

섰다.

    귀한 손님을 맞는 '다방'보다는 어쩌면 '환락장(歡樂場)'으로 전락해 버린 듯한 시각은 지나친 편견일까… '손탁'의 그 지극한 정성은 과연 어디 있는지…

지금 내가 세 들어 살고 있는 이 집에는 방이 모두 열한 개나 된다. 어느 것 하나 방 같은 것이 없다. 모두가 겨우 두어 평 남짓한 조그맣고 모양새가 없는 것들뿐이다. 애초에 집을 지을 때 세를 놓기 위하여 만들었던 것 같다. 주인집 노부부가 큰방이랍시고 본체에 붙어있는 직사각형의 길쭉한 두 개의 방을 사용하고 있고 마루에 잇대어 가지런히 붙어있는 역시 직사각형의 두어 평 남짓한 작은방에 내가 웅크리고 새우잠을 잔다. 내 방 곁으로 15도 정도 기울어져 채양을 만들고 새로 방으로 넣은 것 같은 조금 큰방은 시외버스 운전기사 부부가 차지하고 있다. 그 방 부엌은 내 방 창문 뒤로 자리 잡고 있어 요즘 같은 삼복더위에는 창문을 열지 못해 고역이 이만저만이 아니다.

처음 내가 이 집에 들어왔을 때 뒷창문을 열어야겠다고
했더니 아무것도 모르는 주인아줌마는 쾌히 승낙을 했고
역시 아무것도 모르는 내가 창틀에 박힌 못을 뽑자 말자,
어느 틈에 달려왔는지 운전기사의 젊은 부인이 나타나서
"창문을 열면 부엌에서 목욕을 못 하는데요." 하고 눈을 동
그랗게 뜨고 불만을 터뜨렸다. 뽑혔던 창틀의 기다란 못은
그 부인이 보는 앞에서 다시 제자리에 박혔고, 매일 저녁 더
위에 겨우겨우 잠이 들라치면 젊은 부인인지 아니면 그 남
편인 운전기사 녀석인지 물 끼얹는 소리로 잠을 설치게 하
는 것이 거의 매일이다시피 뒤풀이되곤 했다.
　다섯 평 남짓한 마당의 가장자리로 지난봄 태풍 때 날아
간 듯한 슬레이트 한 장이 얹혀있었음 직한 자리에 정부미
포대로 덮고 노끈으로 붙들어 매어 겨우 비가림막을 한 낡
은 슬레이트 지붕을 이고 일자로 방 세 개가 나란히 줄을
서 있다. 그 방의 창틀은 유난히 낮아서 대문가에 들어서
기만 하면 키가 작은 내 눈에도 방안이 훤히 들여다보였다.
여름이라 창문을 모두 열어놓고 모기장을 쳐놓아서 자질구
레한 세간들이 궁상스럽기 짝이 없었다. 세 개의 방 모두가

학생들이 자취하는 방이라고 했다.

　마당에 놓여있는 통나무 평상 북쪽 귀퉁이로부터 서쪽 방
향으로 비스듬히 일렬로 네 개의 방이 닭장처럼 붙어있다.

　첫째 방은 부산에서 얼마 전 이사 들었다는 젊은 부부가
사는 방이라고 했지만 내가 이 집에 들어온 후 내가 본 것
은 문고리에 달린 커다란 자물통뿐이었다. 직업이 무엇인지
어떻게 생긴 사람인지 아직 모른다. 주인아줌마에게 물어
보고 싶었지만 참기로 했다.

　알 수 없는 젊은 부부의 방을 사이하고 부엌 건너에 30대
의 남자가 여남은 살 되어 보이는 딸애 하나를 데리고 살고
있다. 어린아이가 핏덩이일 때 부인이 생활고에 못 이겨 가
출해버렸다고 주인아줌마가 물어보지도 않았는데 얘기를
해주었다. 그저께 저녁에는 평상에 앉아 잡담을 나누던 주
인아저씨 내 곁에 와서 "이젠 일당이 4만원으로 올랐다요."
술 취한 목소리로 자랑을 했다. 노동판에서 하루 종일 시달
리다 홧김에 마신 술 탓인지, 원래부터 사람이 변변치 못한
연유인지, 시부렁거리는 말투가 도무지 조리가 없이 횡설수

설했다.

　홀아비 방과 잇대어 아직도 두 개의 방이 더 있다. 바로 옆방에는 젊은 여자가 들락거렸다. 이 집에서 내가 본 여자 중에 제일 젊어 보였다. 인물은 눈이 동그란 운전기사 부인보다는 약간 뒤지지만 자기 딴에는 잘난 척하는 폼에 역겨움이 목구멍까지 올라오곤 했다. 가끔 수돗가에서 마주칠라치면 개그우먼 김미화처럼 시커멓게 칠한 눈썹 하며 검붉은 루주를 더덕더덕 칠한 입술을 커다랗게 벌리곤 볼품없이 하품하곤 했다. 몹시 천박한 느낌이 들었다. 무얼 하는 여자인지 알 수는 없었지만 꼬락서니로 보아선 술집에 나가는 여자 같았다.

　이제 남은 구석방에는 전문대학교에 다니는 처녀가 살고 있다고 했다. 그 방 역시 지금까지 줄곧 자물통이 달려있다.

　불과 30~40평 남짓한 대지 위에 열한 개의 방이 앉아있고 그중 아홉 개의 방에 갖가지 직업을 가진 군상들이 제각기 삶을 이어가는 보금자리로 삼고 있는 것이다. TV연속극에서만 보아왔던 '달동네'가 바로 이런 곳이리라…. 허긴, 나도 이 집에 들어오면서 공사장 인부라고 얘길 했으니 이런 집에 살기는 안성맞춤이다.

바
닷
모
래

삼복더위가 서서히 고개를 내밀던 어느 여름날 아침, 한 통의 편지가 마침 인계인수준비에 바빴던 내 앞으로 전달되었다. 모든 것이 간단하고 편리한 것들만 좋아하는 이 시대의 요즈음 사람들의 영악한 생리에서 예외가 둘 수 없었던 나 자신이다. 그러기에 웬만한 의사전달은 전화나 그 밖의 '문명의 이기'에만 의존했던 관계로 편지를 띄워본 지도 또 받아본 지도 무척이나 오래된 일이었기에 그날 그 편지에 대한 호기심은 유달리 강했었다. 더구나 그 편지 봉투에 발신인이 없었다.

　'누가 내게 편지를…?'

　난 입속으로 뇌어보며 얼른 편지를 뜯었다. 거기엔 서투른 글씨로 이렇게 적혀있었다.

"존경하옵는 주임님께"

몰아쳐 오는 삼복더위에 나라를 위하고 구원받지 못한 영혼들을 위해서 얼마나 고생이 많으십니까? 못나고 죄 많은 이 몸 주임님의 따뜻한 배려로 지금은 무사한 하루하루를 보내고 있사옵니다. 일전에 저의 친구를 면회 갔을 때 먼발치에서 주임님의 용안을 뵈었사오나 차마 용기가 나지 않아 만나 뵙지 못하고 이렇게 글월로 대신하게 된 점을 용서하여 주시옵소서.

… 중략 …

저는 이번 기회로 하나님을 영접했고 하나님의 뜻에 어긋남이 없이 착실히 사회생활을 하고 있습니다. 앞으로는 설령 죽는 한이 있더라도 다시는 주님의 뜻에 어긋나는 생활은 하지 않을 것이며 이제는 남을 도와주는 생활을 하겠습니다.

제가 생활이 정착되고 직장이 잡히는 즉시 꼭 한번 뵙고 싶습니다.

주임님께서 배려하여 주신 덕분에 저의 아내와는 다시 결합하여 서로 많이 이해하고 용서하고, 서로의 과거를 묻지도 말고 생각하지도 말자고 다짐하며 행복한 나날을 추구하고 있답니다.

존경하옵는 주임님.

못난 이 몸. 지금 몸밖에 없사오니 기회가 닿는다면 은혜를 꼭 갚고 싶사옵니다. 그럼, 다음에 뵐 때까지 건강하시옵소서. 항상 우리의 주님께 주임님의 행복한 나날을 빌겠습니다.

안녕히 계시옵소서.

주임님을 진심으로 존경하옵는
박동일(가명) 올림

유난히 열악한 근무 여건이라 얼굴을 펼 일이 별로 없는 내 일과 속에 녀석의 사연은 나로 하여금 잠시나마 미소를 머금게 했다. 그가 지난날을 반성하고 이제 새로운 인간이 되었다니 무척 반가운 일이고, 또한 나의 작은 힘이나마 보탬이 되었다는 데 더없는 보람을 느낀다.

"박동일?"

그는 유달리 말썽꾸러기였다. 그는 나를 곤혹스럽게 만들기도 했지만 때론, 나태해져 가는 나의 직업의식에 무언가 의욕을 불러일으켜 준 장본인이기도 했다. 그의 신분장 기록에 의하면 12살에 부모를 잃고 고아원에서 중학교를 근

근이 다닌 것으로 되어있다. 전과는 절도 건으로 소년부송
치된 것이 1회, 그 후에는 폭력으로 2회, 그런 중에도 실형
복역은 1회뿐이었다.

그리고 본 건 폭력을 합하면 폭력 3회, 절도 1회, 도합 4회
인 셈이다. 가족으로는 고아원에서 헤어진 누나가 한 사람
있었다고 했지만 그 후로는 생사조차 모른다고 했다. 그의
접견표에는 동거했던 여자 한 사람이 있을 뿐이지만 그녀
역시 입소하고부터 근 1개월이 다 되도록 겨우 두 번밖에
찾아온 기록이 없었다. 한마디로 전형적인 전과자들의 불우
한 환경 소유자였다.

그러한 녀석이?

웃지 못할 조그만 사건이 빌미가 되어 나와 묘한 인연이
맺어질 줄이야…. 그때 그 어처구니없었던 녀석의 그 일을
생각하면 지금도 웃음이 나온다. '바닷모래와 시멘트' 난 입
속으로 뇌이며 그날을 회상해본다.

그때가 언제였던지는 지금으로선 뚜렷한 기억은 없다. 철
늦은 봄비가 봄비답지 않게 제법 주룩주룩 내리던 어느 날

한밤중이었다. 선후번 교대시간을 불과 몇 분밖에 남기지 않는 시각. 하루를 마무리하여 일기장을 메꾸려고 서랍을 여는 순간, '삑' 하고 인터폰이 커다랗게 울려왔다.

"싸운답니다. 어떡할까요?"

배치교사가 인터폰을 내려놓으며 나를 건너다보았다.

"아무리 설유해보아도 말을 먹어주지 않는다는데요. 그냥 두면 사고가 날 것 같다는 근무자의 보고입니다."

금방, 나의 대답이 없자 배치교사가 또 한번 독촉했다. '하필이면 이렇게 늦은 시간에, 별다른 일만 없다면… 밝은 날 아침에 불러내어 해결했으면 좋으련만… 그렇다고 근무자의 고충을 묵살할 수도 없고…' 난 짧은 순간 많은 생각들을 나열해놓고, 정리하려고 노력해 보았다. 그러나 그 생각들은 불길한 쪽으로만 이어져갔다.

만약 뇌진탕이나 장 파열이라도 된다면… 생각이 여기에 미치자 자리에서 벌떡 일어났다. 사방 열쇠를 꺼냈다. 어느 틈에 관구교사가 뒤를 따르고 있었다.

예상대로 그때까지도 두 녀석이 거실 한가운데 엉겨 붙어 발악하고 있었다. 10여 명의 동료들이 이들을 말리느라 법

석을 떨었고 근무자는 철 격자를 사이로 한 채 고함을 치고 있었다. 아무리 말려도 막무가내였다. 죽음을 각오한 녀석들 같았다.

"할 수 없다. 시찰은 내가 나중에 쓸 테니 연출하여 일단 묶어요. 보안서무는 이 녀석들의 신분장부터 찾아오고."

내 목소리가 너무 컸던지 관구교사가 한번 흠칫하더니 동행한 직원들과 같이 두 녀석의 팔짱을 꼈다.

그들이 꽁꽁 묶인 채로 책상 앞에 너부죽이 앉혀졌다. 한 녀석은 약간 마르긴 했지만 혈색이 좋아 보이는 중년으로 대머리였다. 신분장에 기록된 직업란에는 회사 경영이라 되어 있었다.

나머지 한 녀석, 찢어진 속옷이 걸레처럼 너덜너덜한 사이로 가슴에서 아랫배까지 칼자국이 빨랫줄처럼 돋아있고, 각종 문신이 전신에 새겨져 있었다. 게다가 딱 벌어진 어깨, 온통 흰자위뿐인 움푹 들어간 눈동자. 한 마디로 당차게 보이는 녀석, 바로 박동일이었다. 녀석은 앉은 것도 엎드린 것도 아닌 엉거주춤한 자세로 뻥 뚫어진 콧구멍으로부터 흘러나온 콧물로 기다란 고드름을 달고 있었다.

"고개를 들어봐 이 녀석아."

박동일이 고개를 들었다. 고개를 들고는 대머리를 쏘아보았다. 묶이지 않았다면 금방이라도 달려들 것 같이 씩씩거렸다.

"싸운 이유가 뭐야? 부모 때려죽인 원수가 아닌 담에야 밝은 날 얼마든지 시간이 있을 텐데 한밤중에 왜 그래?"

내 음성도 어느덧 높아졌다.

"사실은…."

그제야 대머리가 말문을 열다 말고 히쭉이 웃었다. 어이가 없다는 표정이다.

"사실은 뭐요? 연령으로 봐선 자식 같은 사인데 저런 녀석을 상대하여, 하필이면 이 시간에 싸워야만 했던 이유가 뭐요?"

이번에는 조금 언성을 낮췄다. 대머리를 똑바로 쏘아보았다. 그때였다. 고개를 숙이고 있던 박동일이 고개를 돌려 창가를 내다보며 쿡쿡하고 터져 나오는 웃음을 억지로 삼키는 것이 아닌가.

"…."

"이 녀석들이 돌았나…."

"돌아도 많이 돌았구만."

그때까지도 난동을 피울까 봐 잔뜩 긴장해있던 직원들이 맥 풀린 듯이 한마디씩 던졌다.

"여기선 도저히…."

대머리가 사무실을 한번 휘둘러보고 애원하는 표정으로 얼굴을 일그러뜨렸다.

여러 사람 앞에서는 말하기가 곤란하단 말인가…. 나는 대화를 중단하고 그들을 데리고 면담실로 향했다. 벌써 시계는 새벽 2시를 넘고 있었다. 대머리가 먼저 입을 열었다.

"주임님, 제 얘기를 듣기 전에 저 녀석부터 좀 풀어주십시오. 자식 같은 아이와 아무것도 아닌 일로 추태를 보여드린 제 잘못이 오히려 큽니다. 따지고 보면…."

대머리가 여기에서 잠시 말을 끊고, 시퍼렇게 부어오른 눈두덩이와 터진 입술 사이로 누런 이빨을 두어 번 흔들어보다가 다시 말을 이었다.

"정말 아무것도 아닙니다. 주임님도 들으시면 웃으실 겁니다. 아마…."

또 말끝을 흐렸다.

"웃든지 말든지 얘기해야 할 것 아냐?"

얼른 말을 꺼내지 않고 빙빙 돌리는 대머리의 이상한 언동에 나도 정말 화가 났다. 앞에 놓인 탁자를 걷어찼다. 탁자가 대머리의 무릎을 '탁' 쳤다. 대머리의 표정에 웃음이 사라졌다.

"제가 말씀드리지요. 바닷모래 때문이었습니다."

박동일이 쉰 듯한 목소리로 받았다.

"바닷모래라… 바닷모래가 왜?"

"바닷모래도 시멘트와 배합되느냐 안 되느냐 하는 것 때문이었습니다."

이번에는 대머리가 끼어들었다.

"그래서?"

"그래서 저 사람은 바닷가에 있는 모래, 백사장의 모래에 시멘트를 섞으면 몰탈로서 충분히 사용할 수 있다고 했고 저는…"

"그걸로 싸웠는가 기껏?"

"예."

대머리가 정말 면목 없다는 듯 두 손을 비볐다. 나도 웃음이 나왔다. 그렇지만 그냥 웃고 넘길 수만도 없는 일이라 생각되었다. 제소자들의 묘한 심리상태. 사회 같으면 웃고 넘길 수 있는 이런 조그만 일로도 그들은 때론 생사를 거는 것을 자주 보아온 터이다. 이러한 심리현상을 심리학적이나 의학적으로는 무엇이라고 표현하는지는 알 수 없지만 앞으로 재소자 처우에 있어서 하나의 연구과제가 될 수도 있지 않을까 생각되나. 차 한잔 마실 정도의 시간이 침묵으로 흘러갔다. 대머리를 똑바로 쳐다보았다. 그가 시선을 피했다.

"872번은 적어도 사장님이었던 사람이 왜 그렇게도 옹졸한 마음이 되었소. 비록 몸은 이렇게 비좁은 소 사회에 구금되어 있다 하더라도 마음까지 그렇게 되었다면 그것이 더 큰 문제요, 저 녀석보다 당신 잘못이 오히려 더 크구만."

"예, 그렇습니다."

대머리가 고개를 들며 내 말을 받았다.

"다행히도 상처가 경미한 것 같고 서로가 잘못을 뉘우치는 것 같아 오늘 일은 없었던 걸로 할 테니까…"

"고맙습니다."

박동일이 머리를 조아렸다. 진심인 것 같았다. 나는 계속 말을 이었다.

"돌아가거든 담당님에게 용서를 빌고 앞으론 서로 잘 지내도록 해요."

"예, 알겠습니다."

그들이 다 같이 합창을 했다. 그들을 돌려보냈다.

며칠이 평온 속에 지나갔다. 구내에서 가끔 마주칠라치면 녀석은 저만치부터 달려와서 아는 체를 하곤 했지만, 난 녀석에게 더 이상 관심을 두지 않았다. 그런데 어느 날…

그날따라 녀석의 얼굴에는 그림자가 무겁게 드리워져 있었다. 평소 같았으면 일부러라도 인사를 하러 달려오던 녀석이 그날은 서로 얼굴이 마주치자 오히려 고개를 돌려 버리는 게 아닌가. 나에게 지난번 일로 유감이 있는 걸까… 아니면, 개인적으로 고민이라도… 녀석의 심각했던 표정이 마음에 몹시 걸렸다. 녀석을 다시 불러냈다. 마지못한 듯이 내 앞으로 다가왔다. 여전히 시무룩한 얼굴이다.

"박동일, 무슨 일이 있어. 또 바닷모래 때문인가?"

일부러 녀석의 기분을 돌려볼 요령으로 농담을 걸어보
았다.

"…."

"걱정거리가 있어?"

녀석 앞으로 한 발짝 다가들면서 녀석의 눈동자를 쳐다보
았다. 눈동자가 많이 풀려있다. 싸움하던 때의 그 흰 눈동
자는 간 곳이 없다.

"저는 지금 주임님과 말장난을 하고 싶은 기분이 아닙니
다. 죽고 싶을 뿐입니다."

"죽고 싶다니?"

"그래요. 죽고 싶어요. 그 대신 죽더라도 주임님 근무날은
피해드릴 테니 걱정 말아요."

녀석은 내뱉듯이 한마디 던지고는 쏜살같이 달아나버렸다.

"내 근무날은 피해 주겠다. 걱정하지 말라."

녀석이 던지고 간 그 한마디는 안심은커녕 더욱 걱정을
부추겼다. 죽고 싶다 하는 말은 전과자들의 상투적인 말투
이긴 했지만 그대로 듣고 넘기기엔 도저히 궁금증을 떨쳐버
릴 수가 없었다. 요즈음 동태를 알고 싶었다.

그가 수용되어있는 사동의 근무자를 불렀다. 녀석은 근간에는 도무지 말이 없고, 식사도 제대로 하지 않고, 때로는 천정을 쳐다보며 한숨을 쉬기도 하고, 한마디로 정상이 아니라고 했다. 그러나 단 한 가지, 전날처럼 담당에게 대들거나 동료들과 다투지 않아 근무자로서는 덕분에 편하게 되었다고 했다. 근무자의 말을 듣고 보니 녀석의 심경에 변화가 있다는 심중이 더욱 굳어졌다.

그날 한가한 시간에 면담실에서 녀석과 다시 마주 앉았다. 어디서부터 화제를 꺼낼까 망설여졌다. 워낙 별난 녀석이라 잘못했다간 봉변을 당할지도 모른다. 둘 다, 한참 동안 그대로 침묵을 지켰다. 내가 먼저 입을 열고 말았다.

"죽고 싶냐?"

"…"

"이유는?"

또 한번 다그치며 녀석을 노려보았다. 녀석은 시선을 피하지 않고 마주 노려보며 입이 실룩거렸다. 그리고는 표정을 바꾸면서 따지듯이 내뱉었다.

"내게서 무슨 말을 듣고 싶어요?"

"무슨 말이든지 해야 할 것 아냐?"

"이미 했잖아요, 낮에…."

"무슨 얘길 했어?"

"죽고 싶다고 하는 말 못 들었어요?"

"듣긴 들었지. 그렇지만 그 이유는 못 들었잖아."

"그 이유는 주임님께 말할 수 없어요. 소장님이라면 몰라도…."

녀석은 말을 하다 말고 벌떡 일어났다. 더 이상 나와는 상대하기 싫다는 언동이다. 자존심이 몹시 상했다. 생각 같아서는 "네 맘대로 해라!" 하고 뺨이라도 한 대 갈겨주고 싶었지만 애써 감정을 자제하고 녀석을 붙잡아 자리에 다시 앉혔다.

"소장님은 아니지만 주임은 들어서 안 되나?"

이제는 내가 녀석에게 매달리는 입장이 되었다. 그제야 녀석이 조금 누그러졌다.

"주임님께 보다는 소장님께 직접 부딪쳐야 될 것 같아요. 담당께 보고전을 내달라고 했습니다. 보고전으로 안 되면 노상면담이라도 할 겁니다."

"무슨 일인데?"

"얘기를 하면 주임님이 들어줄 꺼요?"

"들어주든지 말든지 얘기부터 해봐야 할 것 아냐?"

"알겠습니다. 말씀드리지요. 아니, 부탁드리겠습니다. 제게 1시간 정도 면회시간을 마련해 주십시오. 일반 접견실이 아닌 곳에서. 제가 이야기하는 날 말입니다."

"누가 면회 올 건데?"

"제가 동거했던 여자입니다."

"그래서?"

"그 여자와 담판을 내겠습니다. 어떻게 하던 그 여자의 마음을 돌려보겠습니다. 만나고 나서 죽든지 말든지 그때 가서야 결정짓겠습니다."

녀석은 이제는 후련한 듯이 앉은 채로 기지개를 켰다 들고 보니 이젠 내가 입장이 곤란해졌다.

특별면회 규정에 분명히 있기는 하다. 하지만 내 직무 상식으로는 그 대상이 국회의원, 판·검사, 또는 본부 산하의 기관장, 교화위원 등이니, 이 녀석의 경우로는 어림도 없다. 구태여 적용시켜 본다면 '특히 교화상 필요…'라는 단서규정이 있기는 하지만, 부조리니, 감사니 하는 요즈음의 분위기에 소장님이 만약….

그렇다고 박절하게 거절할 수도 없고, 녀석을 괜히 만났다 싶었다. 보고전으로 해결하든지 노상면담을 하든지 가만둘 걸 하고 후회를 했다. 어떤 여자이기에 이 녀석이 죽음을 각오하고 매달릴까 하는 야릇한 호기심도 일어났다. 내 힘으로 해결해 주고 싶은 충동도 일어났다. 머리가 복잡해졌다. 한동안 침묵이 이어져갔다. 녀석의 표정에 실망하는 듯한 기미가 얼핏 보였다. 그 웃음은 '네까짓 게…' 하는 듯한 비웃음과 같았다. 가슴에 반발이라도 하듯 나도 모르게 만용이 튀어나왔다.

"좋다. 내가 시켜줄게. 허지만 한 가지 명심할 것은, 그 여자 말이야. 면회 올 때 빨간 원색의 옷이나 스커트 같은 것은 금물이야 알겠어?"

나는 고함치듯이 한마디 쏘아주고는 녀석의 대답도 듣지 않고 면담실문을 왈칵 밀치고 나와 버렸다.

그로부터 3일째 되는 날이었다. 외정문 근무자로부터 나를 찾는 사람이 있다는 연락이 왔다. 정문에 나서자 까만 바지에다 베이지색 차림의 20대 초반으로 보이는 하얀 얼굴이 가까이 다가왔다. 자기가 '찾는 사람이 틀림없겠지.' 하는 표정이었다.

"김 주임이시지요?"

"네, 그렇소만."

난 주위에 있는 외래인들을 의식하고 일부러 퉁명스럽게 받았다.

"우리 그이가 오늘 오라고 해서…."

"알았으니 따라오시오."

역시 볼멘소리로 대답하는 내 말투가 의외란 듯 눈을 동그랗게 쳐다보았다. 까만 눈동자가 매우 아름답다고 생각되었다.

잠시 후, 변호사 접견실로 안내했다. 탁자를 사이하고 두 사람은 마주 앉게 했고 나는 조금 떨어진 책상에 앉았다. 어디서 구했는지 빨간 성경책을 탁자에 펴 놓고 그 위에 오른 손바닥을 올려놓은 채 녀석이 먼저 입을 열었다. 분위기가 엄숙해졌다.

"오늘 이 자리는 내 생명을 걸고 하는 이야기이니까 지난날에처럼 허튼소리로 생각지 말아요. 내 얘기가 끝나거든 신중하게 결정해서 대답해줘요. 여기 계신 주임님이 특별히 우릴 위해서…"

여기서 녀석은 말을 중단하고 흘낏 올려다보았다. 나는 눈짓으로 계속하라는 시늉을 보냈다.

"그럼, 먼저 기도부터…"

녀석은 조용히 눈을 감더니 한 손은 여전히 성경책 위에 올려놓은 채 기도를 시작했다. 여자는 의외란 듯이 녀석의 거동을 한참 동안 쏘아보더니 다시 고개를 떨구었다. 기다란 속눈썹이 그녀의 표정을 온통 가렸다.

"하나님 아버지…"

그의 기도는 오랫동안 계속되었다. 오늘 이 시간을 위하여 특별히 연습을 했는지 한마디도 막히지 않았다. 기도 내용은 대강 이러했다. 자신의 과거가 몹시 후회스럽다. 자신의 무능으로 인하여 아내가 많은 고생을 했다. 신이 아닌 인간인 이상 한번의 실수란 누구나 있을 수 있다.

잘못을 숨기지 않고 고백해준 아내가 오히려 기특하다. 이미 자신은 아내의 부정을 용서했다. 아내가 없는 자신의

인생은 죽음뿐이다. 아내를 다시 자신의 품으로 돌아오게
해 달라….

　오랫동안 기도를 끝낸 그의 눈동자에는 어느덧 눈물이 고
여 있었다. 눈물이 이윽고 얼굴로 흘러내렸다. 흘러내리는
눈물을 훔칠 생각도 않고 길게 한숨을 몰아쉬었다. 처절한
느낌이 들었다. 사랑이 무엇이기에, 그렇게나 강인하게만 보
였던 녀석이 눈물과는 거리가 먼 것 같았던 녀석, 부정을
저질러 고개조차 들지 못하는 여리디여린 한 여인 앞에서
울분을 토하고 뺨이라도 갈길 걸로 생각했는데… 저렇게나
애원하다니….

　그렇다면 여자는 남자를 부둥켜안고 역시 울음 섞인 목
소리로 용서해준 녀석에게 감사함을 표시하겠지. 그리고
'다시는! 다시는!' 하고 다짐을 하겠지.

　그러나 다음 순간 내 예상은 완전히 빗나갔다. 여자가 고
개를 반짝 들었다. 눈동자는 무서우리만치 초롱초롱했다.
엷게 화장한 뽀얀 얼굴에 일순 차가운 냉소가 스쳐 갔다.
울음 섞인 목소리는커녕 가시 돋친 음성이 튀어나왔다.

　"당신, 언제부터 하나님을 믿게 되었죠?"

172
173

"지난번 당신이 면회 왔던 날부터였지."

"그렇대도, 지금으로선 어쩔 수 없어요…"

여자의 표정이 더욱 싸늘해졌다. 칼로 무 자르는 듯한 단호한 결심이 번뜩거렸다.

"왜!… 어째서…? 내가 오늘 주임님이 입회하시고 당신이 그렇게도 좋아하던 하나님께까지 맹세했잖아. 모든 걸 용서한다고…"

녀석은 울음을 터뜨렸다.

"그래도 할 수 없어요. 거기선…"

"지금도 찾아와, 그 녀석이?"

"그래요, 한번 그런 일이 있고부터는 일자리 옮길 때마다 찾아와선 애를 먹이니, 그 바닥에선 어쩔 수 없어요. 우리 집에서도 이미 당신보다 그 사람에게 마음이 기울었고, 또 저도 사실…"

여자가 말끝을 흐렸다. 그다음 말은 듣지 않아도 짐작할 수 있다. 역시, 여자란 냉정하구나 생각되었다. 녀석의 표정이 일그러졌다. 순간 나 자신도 바짝 긴장되었다. 금방이라도 여자에게 달려들 것 같았다. 의자를 던지며 소란을 피울

것 같았다. 녀석의 곁으로 바짝 다가갔다. 수정을 준비하지 않은 것이 후회되었다. 그러나 또 한번, 내 예상은 빗나갔다. 감정은커녕 너무나 차분한 음성으로 입을 열었다.

"주어진 엄연한 현실을 무시할 순 없지. 오늘 당신을 대하기 전까지는 온갖 생각들을 다 해보았어. 죽어 버리려는 생각도 수없이 했어. 만나보고 당신 마음을 확실히 알고 난 후 결정짓기로 했어."

녀석은 이제는 눈물을 펑펑 쏟았다. 소매로 눈물을 훔치며 계속 말을 이었다.

"지금 생각해보면 당신을 원망할 수만도 없어. 이 세상에 버려진 후 사랑이라곤 당신에게서밖엔 받아보지 못했어. 못난 내 주제엔 그것만으로도 과분했는지도 몰라. 당신이 행복할 수 있다면…."

녀석은 더 이상 말을 잊지 못하고 목이 메었다.

"당신을 생각하면 저도 사실은 가슴이 아파요. 전날처럼 이런 곳에 들락거리지 않고 새로운 사람이 된다면…."

여자의 표정이 매우 부드러워졌다. 이때였다. 녀석의 눈에 불이 번쩍하는 것 같았다. 미처 손쓸 겨를도 없이 탁자를 밀치며 여자를 왈칵 끌어안고 마구 울부짖었다.

"아직도 내 결심을 못 믿겠단 말인가?"

"그것도 그거지만 당장 어디 갈 데가 있어야지."

"이리로 오면 되잖아."

"여긴 아는 사람도 없고, 일자릴 구할 수 있어야지."

"소개소에 가면…?"

"소개소에는 보증인이 없이는, 더구나 나는 보건증도 없어 받아주지도 않아요."

나 자신 그들의 대화 속에 빠져들고 있었다. 남의 일같이 생각되지 않았다. 순간, 내가 간혹 드나들었던 다방 마담들의 얼굴이 하나하나 떠올랐다. 부탁하면 들어줄 것도 같고, 괜히 복잡한 일에 휘말릴 것 같은 두려움도 일어나고, 녀석을 도와주고 싶은 생각도 버릴 수 없고, 나는 또 소심해지기 시작했다. 그렇지만, 그렇지만… 입속으로 같은 말을 반복하다 기어이 끼어들고 말았다.

"두 분 말씀 중에 죄송하지만 다방 같은 곳도 괜찮다면…?"

"주임님이 그것까지."

녀석이 무척이나 밝은 표정으로 여자의 대답을 대신했다.

"내가 드나들었던 다방이 몇 군데 있기는 하지만 설마 한 사람쯤 밥이야 먹일 수 없을까… 당분간 어디 묵을 데라도?"

여자의 얼굴을 똑바로 보았다. 의외로 여자의 표정도 많이 밝아져 있었다.

"아는 데는 없지만 며칠간이라면 여관 같은데 묵을 수는 있어요."

"그럼 그렇게 해요. 아가씨가 남자라면 내가 묵고 있는 방에라도 데리고 갈 텐데, 그럴 수도 없고…"

"그건 걱정 말아요. 며칠 묵을 만큼은 준비해왔으니까요."

녀석은 우리들의 대화를 잠자코 듣고만 있었다. 몹시 흐뭇한 표정이었다.

다음날, 평소 드나들었던 다방에 들렀다. 그날따라 홀 안에는 손님이라곤 한 녀석도 없고 계집애들이 장난만 하고 있었다.

"오늘은 두당 3,000원짜릴 모두 가져와."

"해가 동쪽으로 지겠는데, 오늘은 김 선생님이 왜 이러시지?"

마담이 곁에 달라붙어 너스레를 떨었다.

"무우다리는 저리 가고, 통다리도 저리 가고."

나는 또 한번 호기를 부렸다.

"그럼 무슨 다릴 대령할깝쇼?"

계집애들이 몰려와 호들갑을 떨었다. 잠시 후 난, 웃음을 거두며 마담의 손을 끌고 내실로 향했다. 단도직입적으로 용건을 털어놓았다. 인물은 예쁜 편이다. 경험도 있다. 나의 먼 친척이다. 신분은 내가 보장한다. 급료는 알아서 주도록, 그렇지만 징역살이하는 남자가 달려있다는 말은 하지 않았다. 마담도 더 이상 묻지를 않았다. 야릇한 웃음만 보였다. 내 말이 끝나자,

"누구 부탁인데, 좌우간 데리고는 와 봐요."

마담이 또 한번 야릇한 웃음을 지으며 하얗고 조그만 새끼손가락을 내 눈앞에서 두어 번 흔들다간 내 옆구리를 쿡 찔렀다. 그래도 마담이 고맙게 생각되었다.

그런 일이 있고 난 후, 그 녀석에게 또 한번 매달린 일이 있었다. 그 내용은 지면 관계상 그날의 내 일기장의 기록으

로 대신한다.

X월 X일

"검사님 제 친척 여동생의 신랑 놈인데 한번 선처해주십시오."

생각보다는 말이 쉽게 나왔다. 당돌한 녀석이라 생각했는지 아래위를 찬찬히 훑어보더니 입회계장에게 "그 사람기록 가져와 봐요." 하고는 부동자세로 서 있는 내게 시선을 주었다. 안경 너머로 눈빛이 몹시 차갑게 느껴졌다.

"조건은 좋지 않지만 기다려는 보시오."

"검사님 감사합니다. 선처를 기다리겠습니다."

나는 타자수 아가씨 보기에 자존심이 구겨지는 것 같았지만 큰 소리로 인사를 하고 모자를 집어들었다.

다음 날 녀석은 50만원의 벌금으로 검사 손에서 풀려났다. 그다음 날 다방마담으로부터 항의 전화가 걸려왔다. 선불 받은 것은 돌려주고 가더라고 했다.

그리고 많은 날들이 흘렀고 편지 한 장이 왔을 뿐이었다. 그래도 나는 조금도 서운하지 않다. 못난 내 얼굴을 '용안'이라고까지 '극찬'해준 그 녀석의 '무식'이 결코 싫지 않다.

그보다 그렇게나 매정스럽던 그녀가 그 녀석과 다시 결합해주었다는 사실, 또 그보다 그 녀석이 신앙에 귀의하여 착실한 인간이 되었다는 사실에 더욱 흐뭇한 마음 감출 수 없다. 먼 훗날, 혹시 녀석을 다시 만나는 날이 온다면 그 깐깐하던 아가씨였던 녀석의 부인 앞에서, 내가 가져간 시멘트와 바닷모래 한 움큼씩을 던져주면서 난 이렇게 고함치리라.

　"이 녀석아 바닷모래와 시멘트 여기 있다!"

존경하옵는 주임님께

몰아쳐 오는 삼복더위에 나라를 위하고 구원받지 못한 영혼들을 위해 얼마나 고생이 많으십니까?

존경하는 주임님! 그동안 별고 없었습니까?

못나고 죄 많은 이 몸 주임님의 따뜻한 배려로 지금은 무사히 수양생활을 마치고 이렇게 글월 올리옵니다.

일전에 저에 친구를 면회 갔을 때 먼발치에서 주임님의 용안을 보았사오나 차마 용기가 나질 않아 주임님을 만나 뵙지 못하고 이렇게 글을 올리게 된 것을 용서하여 주시옵소서. 저는 이번 기회로 하나님을 영접했고 하나님의 뜻에 어긋남이 없이 착실히 사회생활을 하고 있습니다.

존경하옵는 주임님!

제가 생활이 정착되고 직장이 잡히는 즉시 꼭 한번 뵈옵고 싶습니다. 주임님께서 폐가 되지 않는다면 허락하여 주시옵소서.

주임님께서 배려하여 주신 덕에(특별면회) 저에 아내와는 다시 결합하여 서로 많이 이해하고 용서하고,

서로의 과거를 묻지도 말고 생각지도 말자고 다짐하여 행복한 나날을 추구하고 있답니다.

존경하옵는 주임님 그리고 교무과장님 제가 그 당시에 출정부장님 진심으로, 진심으로 모든 분들께 감사를 드립니다.

못난 이 몸 현재는 몸밖에 없사오니 기회가 닿는다면 은혜를 꼭 갚고 싶사옵니다.

그럼 다음에 찾아뵐 때까지 건강하시고 오래, 오래 사시옵소서.

항상 우리의 주님께 주임님의 행복한 나날을 두 손 모아 빌겠사옵니다.

안녕히 계시옵소서.

주임님을 진심으로 존경하옵는 사람으로부터

박동일 드림

비
상
준
비
금

"이것이 자네 이름인가?"

"아닙니다. 동료에게 빌렸습니다. 앞으로 시정하겠습니다."

점검 때마다 비상준비금을 챙기면서 문득문득 조그만 사건이 생각나곤 한다. 그 일로 인하여 연상되는 그리운 얼굴들. 지금은 다들 무고들 한지…. 그 많은 날들을 매정하게 지나쳐버린 나의 무관심이 부끄럽다 못해 원망스럽기까지 하다.

그러니까 그 일이 일어난 것은 지금으로부터 십수 년 전, 내가 처음 이곳에 발을 들여놓은 지 1년도 채 되지 않았던 신혼 시절 어느 겨울, 절기로 봐선 겨울이 다 지났거니 했지만 아직도 꽃샘추위가 마지막 발악을 하던 어느 월요일 아침이었다. 저 멀리 무학산 기슭에는 아직도 희끗희끗한 잔설이 남아있고 매서운 북서풍이 황량한 희성 벌판을 가로질러 숨 가쁘게 달려오더니 이윽고 희뿌연 교도소 주벽을 돌아 3감시 뒤의 야트막한 구름 위를 이따금 '휙휙' 휘파람 소리를 가르며 지나가고 있었다.

여느 때처럼 퇴근 시간을 다만 1분 1초라도 아끼랴, 30분의 교대 시간을 식사하랴, 머리를 다듬으랴, 배치교사님으로부터 두 번이나 교대독촉 인터폰을 받고서야 부랴부랴 의정문으로 내달았다. 야근을 하고 난 아침이라서인지 그 순간을 참지 못해 ○○교도는 이미 의정문에서부터 정문 쪽으로 몇 발짝 뛰어오면서 말했다.

"김 교도, 휴일이라 별다른 인계사항은 없지만 대단한 민간인 한 사람이 의정문에 있으니 한번 당해봐라."

싱긋 웃으며 쏜살같이 지나쳐 마지막 말을 할 때는 이미 정문을 들어서면서 사뭇 고함을 치는 것이었다. 인수인계는 항상 근무장소에서 정확히 하라는 교육과 지시를 수없이 받아온 나로서 오늘 우리의 이 인수인계 상태를 만약 대머리 배치교사님이 보셨다면 시말서는 접어 두고서도 덤으로 아마 적어도 세 번쯤은 벌 비근이 영락없으리라 생각하니 저절로 쓴웃음이 나왔다. 정말 의견문 초소 안에는 그의 말처럼 꾀죄죄한 몰골의 40대 중반의 시골 아낙네가 내가 의정문을 열고 들어가려 하자 오히려 바람이 들어오니 춥다는 시늉을 하며 안으로 걸고리를 걸어 잠그고 자기는 조는 척하고 있는 것이었다. 계속 문을 두드리자 오히려 짐짓 화를 내는 듯 한번 눈동자를 굴리더니 귀찮다는 듯 돌아앉아 버리는 게 아닌가.

"빨리 문부터 여시오. 오늘은 휴일인데 누굴 만나러 오셨습니다? 여기는 근무장소라서 민간인은 들어가지 못합니다. 상사 분들이 보시면 큰일 납니다. 빨리 나오시오. 기다려도 밖에서 기다리시오."

계속 다그치자 그제야 예의 희멀건 눈동자를 한번 내리깔고 한숨을 길게 쉬더니, 말했다.

"그래요. 나가라면 나가겠습니다만, 우선 제 말씀을 좀 들어주기나 하십시오."

그는 일어서려다 말고 다시 주저앉는 것이다.

"그럼 어떻게 한다?"

나는 관사 쪽을 한번 훑어보았다. 상사 분들이 나오실 기미가 없다. 다시 청사 앞을 휘둘러보았다. 역시 마찬가지다. 설사 지적당한다 해도 할 수 없다. '들어보기나 하자.' 다시 초소 안에 들어갔을 때 그는 깔고 앉았던 조그만 보퉁이를 옆에 끼고 나올 채비를 하고 있었다.

"들어갑시다. 이야기해 보시오."

다그치는 내 말이 의외란 듯 흠칫 몸을 한번 떨더니 고맙다는 눈웃음을 보낸다는 것이 묘한 표정이 되어 얼굴을 일그러뜨리는 것이었다. 그리고는 띄엄띄엄 이야기하기 시작했다. 그녀의 얘기는 대강 이러했다. 그녀의 집은 경북 Y읍에서도 조금 떨어진 시골이라 했다. 이곳에서 수용된 남편을 면회하러 왔다는 거다. 처음 남편이 교통사고를 일으켜 수용된 E시에서 T교도소로 이송되었다는 남편으로부터의 편지를 받고 한동안 T교도소로 면회를 다녔다 한다. 이번에도 그곳에 있겠거니 생각하고 여느 때처럼 몇 됫박의 잡곡과 약간의 푸성귀를 시장에 내다 팔아 영치금과 하루치 여비를 마련하여 면회를 나섰는데 T교도소까지 갔다가 헛걸음을 하고 이곳까지 왔다는 거다. 이곳 M시는 초행길이라 물어물어 오다 보니 여비도 많이 들고 지난밤에는 여관

잠도 자버려 이 지경이 되었다는 거다.

"사람을 가둬두면 한군데 가둬 둘 것이지 면회 다니는 가족들 골탕 먹이려고 두 번 세 번 옮기고, 그것도 모자라 이곳까지 천리만리 쫓아 보내는지. 또, 보내면 보낸다고 연락을 해주든지 할 것이지. 이것도 다 무식한 시골 사람이라 얕잡아보고 이러는가요? 이렇게 하는 게 잘하는 것이요? 입이 있으면 대답 좀 해보소."

처음에는 애원조로 말문을 열더니 마지막 말을 할 때는 입에 거품을 물고 이빨을 깨물면서 마구 윽박지르는 것이 아닌가. 이런 사람에게 이송 근거 규정을 설명한들 무엇 하랴. 그렇다고 일방적으로 당할 수만도 없는 노릇이고…. 한순간 나는 할 말을 잊고 멀거니 마주 보고 서 있었다.

"그렇지요? 입이 열 개라도 할 말이 없지요? 그러니 지금 당장이라도 면회를 시켜주시오. 면회만 시켜주면 내 고생한 것은 다 잊어버리고 아무 말도 하지 않을 테니."

대답을 못 하는 내 태도에 더욱 기세가 양양하여 오히려 그녀와 나의 처지를 동정하여 주는 듯하다. 도대체 '아무 말'은 무슨 말이며 자기가 나에게 뭘 봐주겠다는 건지… 처음부터 초소문을 걸어 놓고 근무자를 밖에서 떨게 하더니 이제는 그것도 모자라 되지도 않는 요구를 내세우며 내게 화풀이를 하다니… ○○교도 말처럼 호되게 당하는구나….

순간 나는 나도 모르게 두고 온 고향 생각을 퍼뜩 떠올리고 말았다. 가막골 텃밭에서 수확한 참깨며 할머님이 유난히 잔손질을 많이 하신 긴 배미 논두렁에서 거둬들인 올콩을 촘촘한 삼베 주머니에 볼록볼록 담아 대청마루에 올망졸망 매달아 놓으셨다. 장날이면 할머님의 눈치를 살피시랴 몇 번이나 망설이시다 종래는 무슨 대단한 결심이라도 하신 듯 입술을 깨무시고 그중 몇 개를 떼어 내어 당신의 머리에 뎅그러니 얹으시고는 나의 손을 잡고 시장 길을 재촉하시던 어머님의 모습.

이윽고 나는 조용히 입을 열었다.

"오늘은 면회가 절대로 안 됩니다. 그렇지만 오늘 저희 집에서 하룻밤 묵으시고 내일 면회하시도록 하십시오."

그녀의 믿기지 않는 듯한 표정을 뒤로하고, 나는 일단 근무교대를 했다. 그리하여 비번일인 그날 그 아주머니와 단칸방인 내 집으로 함께 갔다. 아내에게 자초지종을 얘기했더니 언짢아하기는커녕 오히려 잘한 일이라고 칭찬해주는 것이었다. 사실 아내와는 생면부지의 초대면이고, 골방 비슷한 좁은 방에서 셋의 잠자리로는 형편이 말이 아니었지만 그날 밤이 깊도록 도란도란 얘기를 나누는 모습이 무척 정겨워 보였고 그런 아내가 한편 대견스럽기까지 한 마음에 책상 밑에서 웅크리고 새우잠을 자야 했던 하룻밤이 결코 짜증스럽지 않았다.

다음 날 아내는 출근하려는 나를 불러 세우더니 말했다.

"당신, 비상준비금 좀 주세요. 봉급날이 다 되어가니 그거라도 보탰으면…."

아내는 흘낏 방안을 턱으로 가리키면서 말끝을 얼버무리는 것이었다.

"그래, 그럼 할 수 없지. 빌려주는 수밖에…."

나는 비상준비금 없이 임할 점검 걱정보다는 오히려 세심한 데까지 신경을 써주는 아내가 조금도 밉지 않았다.

그런 일이 있고 난 후 일주일쯤 지난 어느 날 아침, 마침 비번을 받아 퇴근하는 골목 양지바른 처마 밑에서 아내와 같이 나의 퇴근을 맞아주는 그 아주머니를 만날 수 있었다. 곁에는 빛바랜 옥양목 치마저고리를 받쳐 입은 80대 노파가 꾸벅꾸벅 졸고 있다가 인기척에 후다닥 놀라면서 내가 누구냐고 묻기도 전에 벌떡 일어나더니 마구 나를 틀어 안고는 쥐어짜는 듯한 목쉰 소리로 고함을 치는 것이었다.

"아이고! 세상에 이렇게 고마울 데가 있나. 내가 우리 동네에 그런 얘길 했더니 요새 사람이 아니라고 하더구만, 은혜를 모르면 사람이 아니지. 암, 아니고말고!"

연방 입술의 침을 훔치면서 감탄하는 노파가 어찌나 소란스러웠던지 동네 사람들이 모여들었다. 뒤에 안 일이지만 노파는 그 아주머니의 시어머니였으며 수형자의 모친이었다. 며느리로부터 얘기를 듣고 고마운 사람의 얼굴이나 좀 보고 나서 죽어야 눈을 감겠다고 하면서 80대 노령에도 불구하고 먼 길을 일부러 내려왔다는 거다. 아내의 말을 빌리자면 "은혜를 모르면 짐승보다 못한 거여. 세상이 그보다 더 큰 은혜가 어디 있느냐"고 했다는 것이었고 듣는 사람이 오히려 무색할 정도로 어제부터 주인집 할머니와 이미 밤이 새도록 칭찬했고 만약 기회가 닿으면 신문에라도 내어 세상 사람이 알도록 하겠다는 것이다. 그런데 장황한 설명을 늘어놓던 아내가 마지막에는 목소리가 가라앉으며 조심스러운 표정이 되더니 말했다.

"여보, 그런데 걱정거리가 생겼어요."

"왜 그래? 봉급 탔는데 뭐가 걱정이야. 노인 성의를 봐서라도 대접해서 빨리 보내도록 해야지. 제소자 가족이 집안까지 찾아든다는 것이 말이 나면 오해를 받을 수도 있으니 내 신상에 좋지 않아. 그까짓 걸로 뭐, 대단한 일인 것처럼 떠들고 야단들이지?"

반갑다기보다는 왠지 개운치 못한 기분에 짜증스러운 대꾸를 하는 내 말투가 너무 컸던지 아내는 입에다 손가락을 대면서 조용히 하라는 시늉을 한 후, 더욱 작은 목소리로 말했다.

"그게 아니고요. 물건을 많이 가져왔어요. 나와 당신 속옷이란 참깨며 마늘, 잡곡 등 그것도 그거지만 나를 수양딸로 삼자고 하니 말이에요. 이미 당신 허락도 없이 간밤에 정해버렸어요. 하도 완강하게 나오는 바람에 거절할 수도 없고 해서 그냥 좋다 싫다 대답도 하지 않았는데 이미 그쪽에선 결정한 걸로 알고 있어요. 그러니 당신이 싫다면 분명

하게 잘라 거절하세요. 내 생각 같아선 나쁠 것도 없다고
생각하지만…"

아내의 말뜻은 충분히 이해할 수 있다. 그렇다고 선뜻 그
렇게 하라고 순순히 응낙할 수만은 없다. 인연을 맺는다고
해서 아내의 말과 같이 결코 나쁠 것은 없지만 그래도 한
가닥 석연찮은 구석이 있다. '어떻게 한다.' 내가 얼른 대답
하지 않고 있자 아내가 선수를 쳤다.

"왜 대답이 없어요? 물건은 아무리 해도 도로 가져갈 것
같지 않으니 성의를 봐서 받기로 하고, 대신 그만큼 차비 명
목으로 돈을 드리면 될 것이고 수양딸 문제는 대답만 그러
겠다고 해놓으면 될 것 아니오. 당신은 매사를 그렇게 소심
하게 생각해요. 방에 들어가 식사나 하세요. 당신 올 때까
지 모두들 아침 식사를 하지 않고 기다리고 있으니 노인네
배고프시겠어요. 벌써 10시가 넘었어요."

우물쭈물하던 나는 아내에게 등을 밀려 방으로 들어올
수밖에 없었다. 아내의 말처럼 나의 소심한 성격 때문인지
승낙이나 거절의 의사 표시도 하지 못한 채 어쩌면 일방적
이랄 수 있는 결정으로 맺어진 인연은 그가 출소하고 나자

더욱 극성스러워졌다. 사흘이 멀다 하고 편지가 왔고 때로는 본인들이, 때로는 친척이 뻔질나게 다녀가곤 했다. 한 가지 다행한 일은 그가 출소하기까지 약 3개월 동안 나를 아는 체를 않는 것이었다. 내가 우려했던 소위 귀찮은 부탁이 전혀 없었다. 어쩌다 구내에서 마주칠라치면 용케도 모른 체해 주었다.

이제는 그때로부터 십수 년이 지났다. 명절이나 가정의 큰일이 있으면 지금도 다녀가라는 소식이 빗발친다. 아직도 끊이지 않고 이어지긴 하지만 애초에 맺어질 때부터 일방적이었던 것같이 아직도 그런 방향으로 인연이 이어지고 있다. 하기는 나의 근무 여건 자체가 그런 점도 있긴 하지만 보다 더 중요한 것은 메말라버린 내 인간성 때문일 것이다. 아무튼 그동안 너무 무관심했던 그들에게 이젠 좀 더 가슴을 열고 가까이 다가가야겠다.